Bolero de Ravel

Menalton Braff

Bolero de Ravel

MENALTON BRAFF

São Paulo
2010

global
EDITORA

© Menalton Braff, 2010

1ª edição, Global Editora, São Paulo 2010

Diretor-Editorial
Jefferson L. Alves

Editor-Associado
A. P. Quartim de Moraes

Gerente de Produção
Flávio Samuel

Coordenadora-Editorial
Dida Bessana

Assistentes de Produção
Emerson Charles Santos
Jefferson Campos

Assistentes-Editoriais
Iara Arakaki
Tatiana F. Souza

Revisão
Ana Carolina G. Ribeiro

Foto de Capa
Peter Dazeley/Stone/Gettyimages

Capa
Ana Dobón

Editoração Eletrônica
Reverson R. Diniz

Dados Internacionais de Catalogação na Publicação (CIP)
(Câmara Brasileira do Livro, SP, Brasil)

Braff, Menalton
  Bolero de Ravel / Menalton Braff. – São Paulo : Global, 2010.

ISBN 978-85-260-1514-2

1. Romance brasileiro. I. Título.

10-09335   CDD-869.93

Índices para catálogo sistemático:
1. Romances : Literatura brasileira   869.93

Direitos Reservados

**GLOBAL EDITORA
E DISTRIBUIDORA LTDA.**

Rua Pirapitingui, 111 – Liberdade
CEP 01508-020 – São Paulo – SP
Tel.: (11) 3277-7999 – Fax: (11) 3277-8141
e-mail: global@globaleditora.com.br
www.globaleditora.com.br

Obra atualizada conforme o
Novo Acordo Ortográfico da Língua Portuguesa

Colabore com a produção científica e cultural.
Proibida a reprodução total ou parcial desta obra sem
a autorização do editor.

Nº de Catálogo: **3239**

Boléro de Ravel

1

Não quis descer do carro, a Laura, com seu corpo ocupado e cheio de compromissos para amanhã. O volante preso em mãos crispadas. Bem cedo, repetiu com sua única fisionomia. A vida toda, os compromissos. Ela foi uma criança de viver muito, seus dias organizados. Minha irmã não sabe viver sem estar envolvida, sem estar enredada nas tramas de alguma rede. Ela nunca teve preferência por ter sua vida solta dentro das horas. A Laura nunca se move pelo prazer do movimento. Jamais a vi dançar sem algum propósito prático. Seu itinerário é uma linha reta, com destino certo: o destino. E hoje eu precisava de sua ajuda, precisava de que ela me ajudasse a espantar estas sombras que em silêncio invadem a casa e me engolfam aqui dentro e me sufocam sem me deixar porta nenhuma de fuga. Esta sala, agora, sem ninguém, é somente um lugar: o espaço. Se ao menos uma janela aberta. Mas não, a vida é outro lugar, o lado de fora. Vontade nenhuma de ver ou de pensar. Meus olhos queimando quero aqui guardados.

O sofá está quente e não sei se já estava quando cheguei. Não sei se não estou sentindo o incômodo de meu próprio calor. Não me sinto bem aqui. Não me sinto bem em lugar algum. Para onde olho, qualquer direção, adivinho ameaças.

Foi um dia sem fim, um dia em que não me estive. Deixei que me levassem para um lado e outro, levado aonde julgavam necessário que eu fosse. E fazia muito calor, um sol que arrancava reflexos estridentes daqueles para-brisas em lenta fila. Uns reflexos amarelos com o perfume enjoativo de sempre-vivas. O amarelo fazendo estardalhaço entre os túmulos. Sentado imóvel, eu via um cachorro baio brincando na areia enquanto se aglomeravam sobre o mar umas nuvens escuras e de olhos muito abertos. Elas se agitavam como se estivessem nervosas. Ou irritadas. E eu me sentia ameaçado, por isso não conseguia sair do lugar. Por mais que tentasse, não conseguia sair do lugar com meu corpo grosso e sólido enterrado na imensidão de areia. Ao alcance da minha vista, a Laura e o namorado jogavam frescobol como se eu estivesse tranquilo. Quando ela parou na frente do portão, fiquei esperando que desligasse o motor do carro e ela ficou me encarando à espera de que eu me despedisse e entrasse. Era sua ajuda, que eu esperava. Minha irmã bateu com as duas mãos no volante, Vários compromissos amanhã cedo, Adriano, jeito nenhum de adiar alguns deles. Seu rosto deformado pelo inchaço, principalmente em torno dos olhos, fechou-se obstinado, naquela obstinação que desde criança eu bem conheço. Fiz olhar de quem não entendeu, que é um olhar parado e sem dizer nenhuma palavra. Baço mesmo, de olho vidrado. Depois eu volto pra gente discutir o que fazer com tudo isto, e seu queixo em riste apontava para nossa casa. Seu queixo com a utilidade que tem.

Descendo do carro, pisei a calçada que o sol ainda requentava, um sol remanescente nem por isso menos agressivo. Tive a impressão de que algumas pessoas andavam por ali, indo e vindo naquela paisagem que já não significava mais nada. Não tinham fisionomias e eram conduzidas por pernas automáticas. Elas eram sombras em movimento, sombras silenciosas em movimento, e não tinham nenhum sentido para mim. Vários compromissos amanhã cedo. E sem que eu respondesse ou desse qualquer sinal de dúvida, ela acrescentou, Jeito nenhum de adiar alguns deles. Os carros passando pela avenida em cortejo, com o ronco de seus motores não me deixavam descansar.

Agora eu só queria fechar os olhos e dormir, mas um dormir denso e por dentro, de cortinas cerradas, para escapar deste pesadelo e desta sensação de terem jogado areia em meus olhos.

O piano já se dissolveu no canto da sala, transformado em mancha escura e imóvel, amoitado e mudo, completamente anoitecido. Os quadros também sumiram da parede em frente. O ar ficou escuro, e mais adivinho do que vejo a mesa e as cadeiras, o sofá e as poltronas do ambiente com piso elevado à minha esquerda, mas sei que está tudo ali. Fecho os olhos pisados e secos e mesmo assim eu sei, porque sempre estiveram no mesmo lugar. Duas vezes já ouvi meu pigarro como voz que vem de fora e me exprime. Minha única voz. Aqui dentro já está completamente noite e lá fora não me interessa saber se também anoiteceu. Desci com algum cuidado, meu corpo todo esperando algum desastre, um fenômeno sem nome e desconhecido que me engolisse em seu vórtice. Desde cedo, este sono me arrebata e vivo uma meia realidade, com o cérebro em fragmentos descosidos. Bati a porta do carro e ela arrancou em disparada, cantando os pneus, sem esperar que eu atravessasse o portão. Não olhei para trás, como se com isso conseguisse anular aquela tarde que o tempo todo me comprimiu a cabeça em suas tenazes. Queria anular o dia todo, precisava trazer de volta pelo menos uma semana, para então refazer o percurso de nossas vidas.

Estou sozinho e não sei o que fazer de mim.

Minha irmã é uma dessas pessoas que julgam salvar-se na ação. Não tem outra existência além da que lhe dá o movimento. Ela exerce com tirania o controle de seu tempo, mas já não sabe mais por quê. Debaixo do tamanho daquele sol, que nos mantinha ali presos, a Laura jogava frescobol com o namorado. Os pés enterrados na areia. Acho que estão dormentes, o dia todo de pé, formigando no interior dos sapatos. Melhor descalçá-los.

Muitos eu nem conhecia. Estendiam a mão para meus olhos em chamas e davam-me os pêsames com voz mecânica de muito pouco sentido. Se não tivesse ficado ao lado da Laura, sei bem que não viriam me cumprimentar. Os mais íntimos ainda diziam que grande perda, procuravam dizer outras palavras de consolo, que nunca encontravam, e se despediam com a dor da perda estampada no rosto. A Laura pegou a Fabiana pelo braço e se afastaram com seus assuntos. Eram acertos delas. Fiquei do lado de fora, muito parvo, olhando as duas como se fizessem parte da paisagem. Não sei onde ela foi arrumar aquele vestido preto tão sóbrio. Numa hora pensei, Minha irmã está uma bela órfã, e me arrependi imediatamente de ter tido ali, entre covas e túmulos, um pensamento assim mundano. Não, não era insensibilidade, mas quando tenho o tempo todo sem nada para fazer, a não ser esperar, não controlo meus pensamentos. Como agora: apesar de não estar esperando nada, preferia descansar meu cérebro gasto, mas não consigo.

A noite já terminou de começar e não me traz paz ou sossego, apenas sinto que a espera se vai prolongar, a espera por nada. Poderia acender a luz e conviver com móveis conhecidos, apesar de terem perdido a familiaridade. O difícil, o que me impede de jogar luz sobre a sala, é que não vou entender estas formas com que desde criança estou acostumado, se agora, ou de agora em diante, vou ter de refazer meu mundo e não sei como se faz isso. Melhor é dormirmos ocultos uns dos outros por esta sombra fria. Nem de comer tenho vontade. Fico aqui medindo o tempo com meu corpo imóvel, pois não me apetece acordar fantasmas nos outros cômodos desta casa.

Tenho a impressão de que meus braços estão arrepiados. Se a noite traz frio, por onde ele entra? Preciso me deitar um pouco no sofá, talvez passe esta dor nas costas. O diretor da escola, com sua altura na altura do palco, suportava todo o claror dos lustres e spots, aquelas luminárias. O salão lotado esperava o nome do campeão,

que pouca gente já sabia quem era. O sofá perdeu seu calor, o sofá? Meus pais e eu, sentados mais ou menos nas poltronas do meio, muito quietos, fingíamos não saber também. A gente se olhava com seriedade marcando o rosto. Meu pai e minha mãe mal escondiam o orgulho. Quanto a mim, sentia frio nos braços e achava aquilo tudo uma chatice. O frio não é tamanho que me faça buscar um cobertor. Muito cansado, isto sim.
*

2

O céu mais pesado ficava sobre o mar, pesando, um azul-escuro, talvez irritado. Sentado imóvel, os pés enterrados na areia, eu ouvia a Laura chamar, mas o medo e o frio me mantinham sem qualquer movimento, uma estátua de pele fina sofrendo os arranhões do sol. Exposto. Inteiramente exposto aos raios daquele sol de fogo amarelo que pareciam espadas de neve, e o frio não me deixava atender ao chamado de minha irmã. Meu corpo inteiro tiritava por causa daquele gelo rígido que só eu sentia, suponho, porque tinha os músculos entanguidos e os membros hirtos, enquanto o cachorro amarelo brincava de morder gotas do mar, que algumas crianças, com as mãos, jogavam para cima, e minha irmã jogava frescobol com seu namorado.

O rumor cresce e esfria, meus braços, o rumor bate no telhado e nas vidraças completamente encharcado. Sento assustado no sofá. E sei que estive dormindo. Meus olhos molharam-me o rosto e sei que estive chorando enquanto dormia. Continuo com a garganta em contraturas dolorosas, fechada como se esperasse uma câimbra, então descruzo os braços, inclino a cabeça até que encoste no encosto do sofá, e meu peito arrebenta-se em convulsão de choro.

A notícia do acidente chegou pelo telefone. Uma voz anônima perguntou-me o que eu era de Eduardo e Iara da Silveira. Uma voz anônima e não me lembro de mais nada. Acordei assustado e tentei acender a luz. O interruptor a meu lado, o interruptor não iluminou o quarto. Liguei e desliguei, em pânico, porque não conseguia ver nada. Chovia muito e ventava. Eu ouvia o barulho do vento tentando invadir nossa casa. Eu ouvia sua voz chiada que vinha do lado de fora. Em desespero, então, gritei, e meu grito atravessou as paredes, não respeitou a distância. Meu grito foi mais potente do que as vozes do vento e da chuva porque era um grito de animal desesperado. O escuro medonho me assustou tanto que senti bem o que é ser o único semovente no universo. Continuo a tremer sem que saiba se tremo de frio ou do choro, que já começa a acalmar.

Ela e o Rodrigo jogavam frescobol. A Laura me chamava e eu a ouvia claramente, a despeito das nuvens que se amontoavam escuras e irritadas sobre o mar, e da distância em que estavam os dois. Sua voz era nítida e um tanto plangente, como se estivesse implorando, muito necessitada de que eu respondesse. Nada em mim se movia além dos olhos que, aflitos, viajavam de minha irmã para o cachorro baio, que brincava de morder gotas de mar.

Sinto muito frio nos braços. Acho que deixei alguma janela com os vidros abertos. Mas agora não me apetece levantar daqui. Não gosto deste escuro, tenho a impressão de que minha cabeça vai tropeçar nas paredes. Fico aqui sendo, só sendo, sentado sozinho. Colo os braços cruzados no peito e nos protegemos do frio e da escuridão. Faz mais de meia hora que a chuva cai furiosa e eu não quero acender a luz. Ainda ouço o grito com que numa noite distante acordei minha mãe. Era um grito gutural e escuro. De animal desesperado. Senti bem o que é ser o único semovente no universo.

Eu esperava que a Laura fosse me fazer companhia esta noite. Esperava porque não tinha pensado nos compromissos dela. Mal bati a porta do carro, ele saiu cantando pneus. Quando o diretor anunciou seu nome pelo microfone, a plateia trepidou de aplausos. Laura Marchetti da Silveira. Ela invadiu o palco, o queixo erguido, sem olhar para lado nenhum. A campeã. Meu pai se enganou. Ele disse que minha indiferença era inveja. Não era. Eu não tinha vontade nenhuma de ser campeão porque eu já sabia que isso não serve para nada. Depois daquela noite, com seus brilhos e aplausos, ninguém mais se lembrou de que a Laura foi considerada a melhor aluna da escola. Aqui em casa foi que o assunto ainda medrou e sobreviveu por um mês, pouco mais. As luzes terão sempre de ser efêmeras? Já naquele tempo eu achava que sim. A esta hora ela deve ter chegado em casa. Lá ela tem a filha, tem seus compromissos, lá ela pode esperar com tépida calma o retorno do marido. A Laura nunca fica sozinha nem sem fazer nada. O tempo dela está todo fatiado em alguma agenda. Se ela tiver um minuto que seja sem estar comprometido com alguma ação, nesse minuto vai descobrir que sua vida é insuportável porque então vai ter de se procurar em si mesma. E mesmo sabendo que eu ficaria inteiramente só entre estas paredes, eu sozinho com minhas lembranças e medos, mesmo assim saiu com os pneus cantando.

E esta sala cheia agora está vazia? Os móveis dispostos ao redor dos tapetes observam-se mudos, as telas com seus recados coloridos, o lustre, nada disso mantém sentido? Um móvel pode tornar-se apenas um móvel, sua utilidade, se a história de que vive deixa de existir. Amanhã de manhã, se parar de chover, o sol vai revelar uma sala que já é outra sala, que agora começa a se reinventar. Uma casa são os olhos que por ela velam, porque ela é feita de sustos e surpresas, seus ruídos é que lhe dão a cor e os contornos. E a Laura sabia que este espaço vazio ficou descolorido. Mesmo assim, os pneus do carro cantaram na partida. E sua música dissonante e audaciosa penetrou-me como uma onda de vento frio. Não olhei para trás, pensando que assim poderia apagar este dia de mim, de minhas arestas e minhas feridas.

Por alguma janela, sim, por alguma janela, meus braços gelados e as pernas com ameaça de câimbra. Minha mãe enrolou minhas pernas geladas com sua mantilha. E assim viajei até o fim. Quando chegamos, era tanta gente que senti medo de me perder, por isso me agarrei com a força do meu instinto em sua mão. Meu pai, à frente, apresentou: os parentes.

Não posso continuar aqui esperando a manhã, pois nem sei de que lado ela pode chegar. Meu pai enganou-se, pensando que fosse inveja.

Eu disse pra ele, Não existe vitória, pois se um dia se morre. E ele me olhou com a força de seus olhos sem me ver. Nem a baça mancha de claridade das janelas, como se o mundo uma noite só. Acho que acabou a força. O vento, sim, pode ser que ele tenha derrubado algum poste debaixo de toda esta chuva. Mas se eu ficar aqui parado, não vou enregelar? O cachorro amarelo pulava e no pulo mordia as gotas do mar que as crianças, com as mãos, jogavam para o céu. Eu estava bem debaixo do sol, mas a visão daquelas nuvens que se amontoavam com ar de ameaça não me permitia movimento algum. No quarto, pelo menos, minha cama.

Eu prefiro não morrer de frio, isso é o que eu prefiro. Num acidente, é pouco mais do que um susto. Nem dá pra terminar de dizer, Mas o que é que aconteceu? Adianta muito pouco saber o que é que aconteceu, tão pouco como o claro de luz branca do flash da máquina fotográfica. Quando se chega a saber, eu acho, não se tem tempo de saber até o fim, com a organização dos detalhes. É um conhecimento inútil de tão curto. Deve ter sido assim, um sofrimento sem existência em memória nenhuma.

O medo que tenho é de esbarrar, mas a força está desligada. Alguma árvore, por causa do vento. Isto aqui é a mesa menor. Quem me orienta é meu corpo, com sua extensão conhecida. Agora começa a travessia até a porta do corredor. Um vão, este espaço, obstáculo nenhum além do tapete em que não vou tropeçar, porque ele rasteja. Protejo apenas a cabeça, onde guardo meus medos. Nem quando criança acreditei em fantasmas, mas o escuro me apavora. Meu grito, naquela madrugada, nunca mais saiu da minha memória. Era gutural e fora de controle. Eu não conseguiria parar, se de repente eu pensasse assim: eu vou parar. Agora, grito nenhum me salvaria e o peito começa a ficar outra vez pesado, com um aperto na garganta. Aqui dentro, tudo o que eu não fizer deixa de existir. Grito nenhum. Eu sinto o tapete debaixo de meus pés e sigo em frente. Não tenho vontade de seguir, mas prefiro não morrer de frio, isso é o que eu prefiro. Então tenho de continuar com os pés arrastando-se no tapete. Minha cabeça protegida pelas mãos. E a chuva não para, com seu vento ajudando a aumentar este barulho molhado. Acho que mais uns dez passos. Já estava ficando escuro, quando chegamos. E havia muita gente à espera, reunida: os parentes.

3

Abro os olhos como se fosse começar a viver outra vez. Abro com a vaga esperança de que ainda não saí de um sonho mau, por isso abro apenas uma fresta, com medo de que haja luz no quarto, e que a luz me fira como vem acontecendo ultimamente toda vez que abro os olhos. Meu corpo quente muda de posição, protegendo-me, depois de ter visto a mancha clara do dia que nasce molhado nas frinchas da veneziana. Agora vejo a parede, vejo o branco da parede, e isso me representa que é ver nada. Abro e fecho os olhos sem esforço nenhum, sem nenhuma concentração. Abro e fecho os olhos com vasta lentidão, pois não veem nada além do branco da parede, que é o mesmo que ver nada.

A primeira impressão que o mendigo me causou foi a de que era cego. E isso pelo modo untuoso como piscava. Comentei mais tarde essa impressão com o Durval, e ele concordou comigo. Tivera a mesma impressão. E os cegos infundem um sentimento que não chega a ser de terror, mas é mais do que respeito. Talvez um respeito exageradamente forte. Parado em nossa frente, o cego via tudo, o visível e o invisível, e nós dois, sem saber como se foge de um cerco assim, ficamos esperando de coração gelado, sobre nossas pernas imóveis e duras. Um sol diagonal de outono iluminava-nos a caminhada interrompida no passeio perimetral do parque. Os passos de areia úmida subitamente mudos. Ainda bem que o vendaval desta noite foi embora. Sol muito quente, eu sei.

Preciso me mexer, sair da cama e fazer alguma coisa. Tenho de inventar uma vida diferente, mas não sei como se faz isso. Nunca tive uma agenda. Um dos conhecidos que nos veio dar pêsames, não me lembro do nome dele, pegou nas duas mãos da Laura. Nós estávamos protegidos do sol, a essa hora, debaixo de uns velhos ciprestes. Minha irmã com um vestido preto era uma órfã muito bonita. Sempre achei que ela era uma das pessoas mais bonitas que conheço. Ela escondia os olhos inchados por trás de óculos escuros. Ela sempre teve facilidade para organizar a vida. Um dia, em pleno jantar, ela disse, Quero casar no mês que vem. E casou. Mas eu acho que escolher é uma coisa difícil. Uma coisa que me cansa. E lá debaixo dos ciprestes, o amigo de meu pai pegou as duas mãos da Laura e comentou, Não vi ainda o Rodrigo. Logo que a Laura chegou me ocorreu perguntar pelo marido, mas depois esqueci. Nosso encontro me arrasou. Nós dois nos arrasamos abraçados muito tempo, até os soluços rarearem. E a Laura respondeu como se fosse segredo, com voz fraca, voz de agradecer pêsames, que o Rodrigo está fazendo um trabalho em uma usina do Norte. Ah, sim, sim, compreendo. E as duas se afastaram para assuntos que de longe me pareceram severos porque tive a impressão de que a Fabiana tinha um semblante consternado quando voltaram para perto de mim.

Ainda se a chuva parasse. Recomendações a seu marido, ele disse como quem se dedica ao exercício da sedução. Só depois de dizer isso com os olhos engolindo minha irmã foi que largou as mãos dela. Se parasse, eu iria até a padaria. Parece que começa a diminuir e acho que o dia, apesar das nuvens, já cresceu bastante por baixo do céu. Era um sol diagonal de outono e o mendigo parado em nossa frente piscava muito. Depois eu volto, e seu queixo apontava nossa casa. Fazer com tudo isso. Mas fazer o quê? Nem quis entrar. Nunca tive uma única agenda. Corre pra cima, corre pra baixo, nem sabe mais por que tanta correria. Um ritmo que entra no sangue. E quando isso acontece, ele perde qualquer sentido, pois passa a ser uma segunda natureza.

Uma vez eu tive um sonho e não me lembro muito bem como foi, mas eu sei que tive um sonho, porque acordei suado e com o rosto sujo de lágrimas. Sei que era um sonho que me angustiou muito, mas não me lembro direito como foi. Às vezes eu vejo tudo nítido, o sonho inteiro, então sinto a mesma coisa que senti. Não me lembro direito é da narrativa, mas a emoção que senti, essa é como se eu carregasse no bolso. Que eu estava preso na areia da praia, sem poder sair do lugar e com muito frio. Umas nuvens pretas. Eu sempre vejo essas nuvens que se amontoam só em um pedaço do céu. Eu precisava me levantar, mas não quero ver outras partes da casa, porque então vou saber que estão vazias.

Nunca tive. Se eu aceitasse uma agenda, eu aceitava um comando. Não aceito. Quando faço isso ou aquilo, quando ajo, que sentido tem o ato se ele não foi minha deliberação? A Laura não existe a não ser em suas ações e suas ações obedecem a uma agenda. Ela controla seu tempo, mas controla como feitora, a serviço de sua vida social. Ela, minha irmã, ela é uma representação. Desde criança é uma personagem que até ela mesma ajuda a construir.

E meu pai achando que era inveja minha. Não, nunca tive inveja da Laura. Jamais me passou pela cabeça usufruir como ela dessas vitórias pequenas, das glórias de um dia só. São coisas sem sentido, coisas que não me fazem ser eu mesmo. Agora, por exemplo, me recuso a andar por dentro desta casa. Circular por aí muito inventariante. Fico na cama. Dormi muito mal esta noite e tenho ainda muito sono para gastar. Meus olhos cansados do branco da parede se fecham por trás das pálpebras. Portas onduladas de aço, mas silenciosas. Silenciosas. Restos de sono.

4

Além do rumor redondo, que é o rumor distante da cidade vivendo sua vida, ouço nada que venha de fora: o silêncio é um peso marrom. Se não foi este silêncio aqui preso comigo na casa vazia que me acordou, quem mais poderá ter sido? O calor começa a ser incômodo porque me deixa úmido em vários lugares, principalmente nas axilas e nas virilhas. Meu cabelo da nuca também está molhado. Quando me vejo molhado por água vertida de mim, minada, desconfio de meus odores e não sossego enquanto não tomo um banho. Acho difícil arranjar coragem para ficar sozinho no banheiro, debaixo da ducha e ouvindo seu chiado. Há quanto tempo não como? Não pode ficar sem comer!, ainda posso ouvir sua voz, que escalou comigo todos os degraus da memória, uma frase que minha mãe sempre julgou imperativa, pelo modo como tentava firmeza e secura. Ser dura.

Meu pai ficava sério, severo quieto, quando ficava sabendo que a esposa dele me trazia o café na cama. Às vezes. A Laura então ficava muito espantada, ela que decifrava a alma e a calma de nosso pai. E espantada me perguntava, Mas você não percebe, Adriano? O tanto que ele fica aborrecido, não percebe? Naquelas horas, bem no momento, quase sempre eu sentia vergonha e, por isso, me dizia com propósito firme que não aceitaria mais os cuidados de minha mãe enquanto estivesse no bem-bom da cama. A Laura ficava um tempo com os olhos fixos em mim, até que eu me sentisse tonto ou resmungasse que não, que eu não percebia. Mal nos separávamos, eu esquecia o propósito firme. Era com seus olhos escuros e grandes que minha irmã muitas vezes me acusava. Outras vezes era com palavras pontiagudas. Então ela terminou a faculdade e casou.

Dependesse de minha vontade, uma escolha para eu ser, nunca mais saía da cama, reduzido a ser, apenas, estando. Se escolho mover um braço, ou não mover, executo. Detenho comando sobre partes, não todas. O pensamento é impossível controlar. Não controlo. Sede e fome são sensações desconfortáveis que não domino. Minha boca seca e um buraco no estômago. Preciso levantar. A Laura jogava frescobol com o Rodrigo e uma hora a bola veio muito longe, rolando na minha direção. Os dois ficaram olhando pra mim e a Laura me chamava, gritando que eu devolvesse a bola. Gritando. Mas eu não conseguia mover os braços e as pernas estavam enterradas no peso da areia, imóveis. Só movimentava os olhos. Era medo e frio, debaixo do sol daquela tarde. Preciso ir até a cozinha por causa da minha boca seca. Depois de casados, eles se acostumaram a sumir, ocupados com seus compromissos. Eu é que nunca tive agenda.

Aqui dentro me sinto bem. Na cama dentro do quarto fechado. Sem esta sede, ficava parado encolhido. O corredor recebe bem pouca luz: a claridade do dia vivendo. Poderia ter ficado na cama, imóvel ouvindo minhas músicas, que é o modo de me reduzir até quase me anular. Mas ficaria me ocupando da sede. Nem tanto da fome, que suporto sem ocupar o pensamento. A sede, entretanto, me perturba muito. Esta casa ficou como se entrasse nela a primeira vez. A cozinha, assim quieta, é um espaço vazio. Olho as paredes, a pia e a geladeira, reparo que são duas horas da tarde no relógio acima da mesa. E minha mãe não existe mais.

Minhas pernas vacilam, bambas, ao peso do peito, o peso. As lágrimas voltam a me queimar os olhos desprotegidos. Apoio-me na pia e abro a torneira. A baba que desce pelo ralo, desaparece na água. Por que não desço junto?

Enxugo meus humores em uma toalha de papel. Na parede, acima da mesa, o relógio funcionando não é minha mãe, mas apenas suas impressões digitais. Ela subia numa cadeira para trocar as pilhas. E me olhava rindo, da altura onde estava. Acertava o relógio mexendo em sua traseira, recolocava-o em seu lugar e descia da cadeira. Então batia as mãos uma na outra e dizia, Pronto. Difícil encontrar em seus olhos qualquer sombra. Minha mãe era iluminada.

Preciso graduar o funcionamento da geladeira porque esta água está que é uma pedra de gelo. A mesma coisa o leite. E chega, não quero comer mais nada. Quando ele apresentou a mão suja e vazia, pensei que pedisse comida. Mais tarde, o Durval me contou ter pensado a mesma coisa. Ele tinha o tamanho do parque e sua mão aberta e suja era um querer que não deciframos imediatamente. Por isso ficamos ali parados diante de sua vontade desconhecida. Se tivesse graduado a geladeira, estaria modificando o mundo, e isso não me interessa. Não quero me sentir responsável por ato nenhum. Então me anulo tanto quanto posso. Passo em silêncio pelo corredor, porque o silêncio está mais próximo do nada onde o ruído vai dar existência aos seres.

De volta a meu abrigo, agora quero continuar dormindo.

5

Abro os olhos para me descobrir vazio. Há um telefone chamando, mas não consigo entender o que está acontecendo. Ele me encurrala com sua insistência irritada. A claridade escassa pode ser do dia que nasce. Ou morre. Vejo na parede o quadrilátero da janela com vestígios de uma luz azulada, mas que janela é esta que vejo e não signifíco? O telefone insiste em me arrastar até a realidade, onde caio, finalmente, desamparado. Estou em casa. Estou sozinho em casa, e o telefone não para de tocar. Minhas pernas, mais do que eu, decidem abandonar a cama para verificar quem está chamando. Com medo de que o telefone desista, apresso o passo e tropeço no tapete. A Laura, por fim, me procura? Ela me chamava pedindo que eu devolvesse a bola. Todos nós debaixo do sol. Minha irmã poderia ter passado a noite aqui em casa. Claro, não fossem os compromissos. Seu grito era claro como uma gaivota perfurando o ar. E eu só movia os olhos e sentia frio.

Atendo na extensão do corredor e não obtenho resposta imediata. Meu artelho dói enquanto espero. Finalmente ouço meu nome e respondo que sim, ele mesmo. Então descubro que estou suado e que a voz não é da Laura. Só tenho tempo de sentir um pouco de raiva de mim mesmo, e, com a raiva, me chega uma ardência morna na boca do estômago. Totalmente morna. Não reconheço esta voz. Vou perder nunca a esperança de que a Laura me trate como irmão? Como?, eu grito porque não entendo quem é nem o que quer de mim. Como? Por isso que ele fala mais alto e fico sabendo que é o Altair, entende?, primo de meu pai. Mal conheço esse Altair. Diz que viu a notícia na televisão, mas não teve tempo. Sim, ontem à tarde. Ele está emocionado e fala. Agora mais alto, pois sabe que não ouço nada se falar muito baixo. Sim, compreendo. Parece um pouco ridículo revelar emoções aos berros, mesmo por telefone. Acho que ele tem muita necessidade de dizer o que está dizendo. Os dois se criaram juntos, estudando na mesma escola, jogando no mesmo campinho, matinê no mesmo cinema. Nós dois, muito unidos, entendeu? A vida, sim, a vida que inventa as distâncias e destrói as afeições. Adriano, não é? Quando se vê, foi tudo em vão, Adriano. Só se vive uma vez. Não sei o que ele quer dizer com isso, mas é uma frase aparentando posição antirreligiosa. Principalmente minha mãe, muito crente. Não tanto de frequentar, que ela não era disso, mas de crer, de ter confiança nas divindades dela, as divindades que tentou me incutir sem sucesso. Tenho a impressão de que o Altair está contando alguma coisa engraçada, agora, pois começa a rir.

A Laura tinha ficado quieta no colo de meu pai, quieta, mas com as pernas dependuradas. Havia pessoas de todo tipo à espera e me senti empurrado, puxado, sem saber por que estávamos lá. Então foi que meu pai esclareceu: os parentes. Eles foram sumindo com a claridade do dia, que também morria. Por fim já eram apenas umas vozes grossas que falavam baixo, dois ou três vultos a se mover numa claridade avermelhada.

Neste instante descubro que é noite. Porque já não vejo nada aqui no corredor e porque o Altair se despede dizendo boa-noite. Recoloco o telefone em sua base e fico parado, mãos, pés e cabeça imóveis, esperando que a cabeça esvazie novamente. Se não sou, não sinto.

Devo ter visto esse Altair há uns quinze, vinte anos e não me lembro mais de sua fisionomia. Ele tem uma voz bem gasta, envelhecida. Eu era adolescente. Tenho de inventar um rosto para essa voz, e o rosto que boto nele é tirado do mendigo que um dia encontramos no parque. Não, não era dinheiro o que ele queria. Nem comida. Sem o chapéu de abas desabadas sobre o rosto. Com a mesma barba. Para voz envelhecida, um rosto de velho. Ele tinha algo de repulsivo em sua aparência. As roupas, o sebo nas roupas, com aquele lustro. E o cheiro repugnante. Mas não saía de nossa frente e fechava todas as saídas. Com a mão espichada.

Volto lentamente para o quarto, avançando pelo escuro que invadiu rapidamente a casa. Não quero acender luz nenhuma. Não vou acender a luz, porque, se vejo, continuo sendo. E tenho o maior interesse em afugentar qualquer pensamento. Afasto um pouco o edredom, que ainda mantém o meu cheiro de dormir, como eu dormia quando o telefone me acordou. E eu cheguei a ter uma espécie de certeza quase física, que é uma certeza em vias de se tornar palavra, de que era a Laura quem me chamava. O diretor no palco como se estivesse no alto de uma nuvem, de microfone na mão, chamou com sua voz completa, sem fissura onde ela não penetrasse, Laura Marchetti da Silveira. Sua mão direita ergueu-se espalmada reta dizendo: ei-la. E ela, de fato, invadiu o palco sem olhar para lado nenhum. O sorriso sem destinatário, aquele eu já conhecia. Ela nunca mais teve vontade de não ganhar prêmios na vida.

Este modo de me recomeçar aqui dentro de casa ficou prejudicado. Era uma voz envelhecida de tão estragada e a única a ser ouvida nos últimos dois ou três dias pelas paredes do corredor. Sua mão estendida e a falta de dentes na boca vermelha e úmida foi o que vimos primeiro. Aos poucos é que fomos percebendo os andrajos, o sebo dos anos cobrindo os andrajos, o chapéu de feltro de abas desabadas sobre o rosto. Então sentimos o cheiro repugnante. Só depois, bem depois, foi que notamos sua voz pedindo.

Altair. Sei que esteve uma vez aqui em casa. Eu tinha uns quinze anos, mais ou menos. Às vezes meu pai referia-se a esse primo, com uma saudade leve, declarada, então contava dele alguma história. Meu pai nunca disse que ele estava com a voz tão velha assim. Nem que usava barba branca ou que seu chapéu desabava despencando sobre o rosto. Ah, e o cheiro: repugnante. A única voz, porque a Fabiana deve ter ficado na casa dela sem abrir a boca.

Foi assim que me senti. Já fazia alguns dias que vinha pensando naquilo: parar de estudar. Não me lembro se foi por falta de certeza que ia protelando o anúncio ou porque sentia alguma coisa apodrecendo dentro de mim, só sei que sentei para o almoço em cima daquela decisão. Lembro muito bem os olhares deles. Quer dizer, lembro os significados, porque esses eu transformo em palavra, organizo no meu entendimento. Estava quase terminando de almoçar e disse, sem que ninguém estivesse esperando alguma surpresa, que não me interessava continuar estudando. Éramos uma família organizada para o previsível, e ousei romper a tradição. Todos pararam de mastigar e me focaram, cada um de seu jeito. Meu pai tinha ódio nos olhos, o velho ódio que mesmo antes, muito antes, eu tinha percebido, principalmente em nossas discussões. Só quem me encarou com simpatia foi minha mãe. Ela movia as longas pestanas rapidamente, depois parava de piscar. Nesse momento eu me besuntava com o mel que emanava de seus olhos. A Laura, a Laura me encarou com repugnância. Se não me engano ela nem terminou de almoçar. Fez uma careta de nojo, apertando os olhos, enrugando a testa e arreganhando uma boca de lábios arregaçados, levantou-se e foi para o quarto. Eu imaginava a tempestade que armaria, mas não tinha outro jeito, eu precisava comunicar minha decisão. A oportunidade veio com a pergunta de minha mãe:

— Mas você ainda não se trocou?

— Não, mamãe, eu não vou à escola.

Percebi que imediatamente todos os maxilares diminuíram o ritmo. Mantive minha cabeça baixa, por algum tempo, concentrado, tenso, esperando bordoadas. Houve um grande silêncio durante o qual, imagino, os três se comunicaram com seus olhares apalermados. Como nada dissessem, levantei a cabeça e os encarei intrépido:

— Eu cheguei à conclusão de que não me interesso por nada do que a escola oferece. Então não vou mais.

A causa dos semblantes de assombro com que eles me encurralaram em seus ângulos mais agudos, bem sei eu qual era: de onde este Adriano tirou a tamanha coragem? A Laura saiu estourando-se toda, aquele rebolado de menina que se acha moça. Meu pai tinha audiência no fórum às duas horas. Limpou os lábios pálidos e finos com o guardanapo e me avisou, Logo mais à noite a gente conversa. A voz dele era uma voz dura e seca que brotava por baixo do bigode. Deu um beijo na testa da minha mãe. Ele sempre beijava a testa da minha mãe. Nunca o vi morder seus lábios com qualquer tipo de fome.

Minha mãe e eu ficamos algum tempo à mesa, e ela me acariciou com palavras que só queriam saber, sem qualquer imposição. E ela me entendeu. Ela me entendia. Apesar de suas palavras de carícia, eu sofria um cansaço muito grande, que era do esforço com que tinha criado aquela coragem. Eu na verdade estava tonto de cansaço. Por isso dei um beijo no rosto de minha mãe e vim para meu quarto. Não fiquei muito tempo acordado. Ah, não fiquei. Acho que nem tive tempo de bocejar.

Sono bom é quando a gente deixa de sentir o corpo, quando ele não existe mais.

6

Acho que estive sonhando, este peso no peito, porque eu não estava aqui, não estava, mas num lugar mais escuro do que este. E pessoas, não me lembro do que faziam as pessoas sombrias além de andarem silenciosas como sombras e com gestos de autômatos. Não conheço a brisa que as movia, uma brisa sem cor. Tantas pessoas que eu acabei me sentindo mal. Com dor. Uma dor na boca do estômago, que subia e descia sem ritmo certo, mas nunca muito rápido. Muito mal. As pessoas me olhavam por causa da dor que me apertava o estômago. Algumas se aproximavam com olhos exagerados. Foi sonho, sim. Estou na minha cama e já deve ser dia claro, mas a dor no estômago permanece me atormentando, agora mais forte ainda.

Não chove e não venta como se o tempo estivesse parado, esperando suspenso nos telhados. Muitas vezes já me enganaram dias que nascem antes de avisar. Minhas pernas tremem, elas não param de tremer. Tenho de sentar para enfiar esta calça. E um pouco de tontura. Como se um buraco, a dor na boca do estômago, que só pode ser de fome. Era olhar distraído para as cortinas, aqui da cama, e pensar que a noite continuava escondendo o sol. Ninguém conversava comigo nem se aproximava, mesmo assim eu suava de medo.

A pasta de dente me refresca a boca e me sinto um pouco melhor. No espelho, minha boca aberta é um grito branco de espuma. A barba me escureceu o rosto enquanto eu sonhava. O que sei do sonho é bem pouco. As figuras pareciam ameaçadas de desaparecer. Bastava uma aragem mais forte e elas sumiriam. O suor me descia dos cabelos e invadia o rosto. Preciso fazer esta barba, mas outra hora faço isso.

Agora me concentro todo nas necessidades. Pensar nisso é atrair o mal-estar. O estômago é que me dita então os pensamentos. Por exemplo: é na gaveta do meio, no armário, ao lado da geladeira. Só dizia. Minha mãe ensinava sem intenção de ensinar. Ela dizia, Pega na gaveta do meio. E eu saía correndo para alcançar o sorveteiro. A Laura vinha atrás com vontade de ser bem tratada. Por isso não corria muito. Às vezes nem passava do portão, pois sabia esperar com certeza, e eu trazia levantado, inventando um jogo, seu sorvete de morango: aquela cor.

A última vez que minha mãe mexeu nesta gaveta, deixou aqui suas marcas? Aberta e muda, ela nada me diz. Tento adivinhar algum gesto que poderia ter ficado esquecido aqui, prisioneiro, mas todos os gestos já se evadiram. Há um pouco de dinheiro. Bem pouco. Algumas bulas que ela guardava durante anos sem conta, um saca-rolhas e um pacote de guardanapos de papel. E este silêncio de penumbra, e talvez restos de seu perfume, que apenas sinto com os dedos como um choque elétrico. Fecho a gaveta rápido e me refaço do susto. Não preciso contar o dinheiro para saber que é bem pouco, meus dedos me informam. Não fosse este corpo com suas necessidades, ficaria tudo como ela deixou. Exatamente do jeito que ela mantinha a casa. Assim teria um modo de retê-la por mais tempo neste mundo que era o seu. Mas não posso continuar com esta sensação de um buraco no estômago. Isso não me deixaria em paz. Preciso de comida para me esconder por baixo de minha consciência, transformado enfim em massa bruta como a tuia do jardim, que respira, cresce, mas não sofre. Tenho necessidade da música que me atordoa.

Minha chave ficou sendo a única desta casa. Abro a porta com cuidado, esquecido do mundo aqui fora. O sol esparrama-se por cima do telhado, do jardim e da rua. Fraco ainda, o sol, porque é cedo e porque algumas nuvens não deixam que ele apareça por inteiro. Antes que eu terminasse de abrir o portão, o carro já sumira na esquina da praça. Saiu cantando os pneus. Sozinha, que o marido em viagem de serviço. Os dois com o mesmo pensamento de chegar antes dos outros e ocupar os lugares. Os dois igualmente agendados, sem tempo nenhum para jogar fora. Nada eles jogam fora, depois de terem descoberto que tudo pode ser aproveitado. Uma das palavras da moda é reciclagem. A vida, pra ter maior proveito, também deve ser reciclada.

A vizinha me espia encoberta pela cortina. Vejo o vulto dela e adivinho as feições. Ela se mantém afastada, escurecida pelo ar apagado da sala. Está curiosa e à espera de que eu tropece, ou caia mesmo sem tropeçar, ou me ponha a chorar no meio da rua. A vizinha vai ficar frustrada porque já gastei minha cota de lágrimas e, apesar das pernas um pouco bambas, não estou com vontade de tropeçar nem de cair.

Este mundo, que venho encontrar aqui fora, está bastante estranho. Há outras pessoas esperando para ver o que me acontece. O bairro todo me espia por trás de cortinas. E eu estou cada vez mais sozinho. Quem espia por trás de cortinas não pode estar comigo, a meu lado. Por isso procuro manter meus passos firmes. Apesar das pernas bambas. Mas não parece mesmo que o mundo perdeu a graça? Algumas cores desmaiaram de tão pálidas.

Agora que a padaria é mais distante, caminhar pela calçada, com rumo e destino, fica parecendo bolinha de gude dentro de caixa vazia de sapato: não há firmeza e todos os movimentos tornam-se estranhos, como coreografia improvisada. Tudo é imprevisto. Em minha memória não se encontra mais esta rua, com jardins escondidos por trás dos muros. Com os olhos que agora levo a meu serviço, jamais registrei estas imagens. Pessoas que me espionam à espera de que eu tropece e caia é também uma sensação inteiramente nova. Preciso de um copo de leite gelado, com urgência, para diminuir a fogueira do meu estômago. Já vejo a padaria e sei que é ela porque se anuncia nos letreiros por cima da marquise. Mas vê-la em nada diminui o incêndio que vou carregando por dentro. Executo uma tarefa da Fabiana, porque hoje ela também não apareceu. Que lhe terá dito minha irmã? Ela me pedia que devolvesse a bola, e eu não conseguia mover nada além dos olhos. E sentia muito frio. E era o frio que me tolhia os movimentos, porque o frio tinha entrado no meu corpo com o medo. Então vi minha mãe descendo de um cômoro de areia. De longe já sabia que era ela que vinha crescendo nos meus olhos por causa do chapéu de palha.

Ninguém pode desconfiar da minha relutância: só eu sei dela. Dou um passo para o lado de dentro da padaria, onde ninguém pode desconfiar da minha relutância. Entro como velho cliente, me desviando do freezer do sorvete e dos engradados de cerveja com as garrafas vazias. Há um caminhão parado à porta. E entro como se fizesse isso todos os dias. Há pouca gente sendo atendida, o que me deixa muito feliz. Minhas pernas me conduzem com a maior correção. Os três empregados da padaria me reconhecem porque começam a olhar-se uns aos outros com recados firmes e facilmente compreensíveis. Os outros fregueses são abandonados e também me envolvem com suas curiosidades. O cheiro de café me anima ao mesmo tempo em que excita meu estômago estragado, com sua fogueira.

Enquanto vinha caminhando pelo sol manso, na calçada, adivinhava que aqui dentro a claridade seria outra, por isso entrei relutante, mas vim prevenido. Quando pedi ao balconista um copo de leite gelado, ele me atendeu com sua rapidez. O alívio vem chegando e não consigo mais pensar na dor física, pois eles, os empregados e os fregueses da padaria, querem que eu conte como é, então, que foi tudo. Não quero falar porque é sentir novamente a mesma dor. Peço pão e leite e quero voltar ao sol da rua, mas o dono da padaria, por trás do vidro, me retém aqui parado, o troco na mão que não se decide. Ele também quer saber como é, então, que foi tudo. Falo o que sei e minha garganta começa a inchar, trancada, até que tenho de esconder o rosto onde deslizam lágrimas sem pressa. Todos param dentro da padaria para contemplar meu sofrimento. Me parece que eles querem sofrer comigo. Lá de dentro chega a mulher do padeiro enxugando os olhos no avental.

Pego o troco e saio sozinho.

7

Se eu pudesse ficar aqui sentado, imóvel, na frente desta xícara suja de café, quem sabe conseguiria controlar, depois extinguir, os pensamentos vagarosos. Então me tornaria um objeto, um ser em si. Para mim, sem ter movimento para medir, o tempo perderia sua existência. É no tempo que está o sofrimento, pois é nele que transcorre. Sofrimento existe na duração: a sucessão dos instantes.

Ficar aqui sentado, imóvel e sem pensar, não passa de um desejo marrom de tão absurdo que só se encontra no vago. Preciso tomar coragem para sondar esta casa e descobrir seu funcionamento, questão por que nunca tive interesse nenhum. É uma necessidade imperativa, não para evitar a morte, de que ninguém, por fim, consegue fugir, mas para contornar o sofrimento, com que não aprendi a lidar. Jamais supus que pudesse cair em cima da minha cabeça a responsabilidade pela casa: as providências. Como este sol oblíquo que fura a janela feito espada amarela. Ela se aproximava dando voltas, o sorriso permanente. Só assim era possível desprezar as nuvens que se aglomeravam naquele lado mais escuro do céu, o lado do mar. Então começava a não sentir mais medo, até que minha mãe chegou por trás, o lado que meus olhos não alcançavam, e senti o calor macio que me envolvia: o agasalho.

Minhas mãos dentro do feixe de luz tornam-se translúcidas e revelam o tom encarnado da carne oculta por baixo da pele. Um tom semelhante a uma vibração, talvez um calor. Minhas mãos recolhem a luz que desce pela janela sem queimar coisa alguma. Deixo a mesa do jeito que está, iluminada pelo sol e cheia das marcas do meu desjejum.

Melhor começar pela escrivaninha. Era de onde partiam as decisões. O controle de tudo era feito por meu pai sentado nesta cadeira. Quando ele estava sério, com sua fisionomia de examinar papéis, nós outros perdíamos qualquer importância ou tamanho, proibidos de importuná-lo. Mesmo minha mãe, tão somente até a porta. Depois do jantar, ele ordenou com a voz masculina de pai, Escove os dentes logo, precisamos conversar. Ele sentado nesta cadeira, firme em sua estatura, e eu do outro lado, muito diminuído psicologicamente por ter decidido não estudar mais. Sem abrir nenhuma gaveta nem segurar a caneta pelas duas pontas, eu só sentei e ele disse, Então quer dizer que você, não é mesmo? Sempre senti um pouco de medo de meu pai. Principalmente quando ele dizia, precisamos conversar. Isso nunca era a meu favor. Por isso fiquei com a boca seca, saliva nenhuma para engolir enquanto enrugava a testa. Pelo menos é assim que a cena se recria em minha memória. Suas mãos, de bruços sobre a tampa da escrivaninha, tinham as costas cobertas de cerdas pretas, completamente aracnídeas. Meus olhos, no início, fixaram-se em suas mãos, temendo as ameaças que elas pareciam representar.

Nunca na vida vou sentir este cheiro sem pensar que é do meu pai. As lombadas, que expõem os títulos quase impudicamente também habitam dentro deste cheiro. Sua permanência a maior parte do tempo aqui no escritório acabou impregnando tudo de seu cheiro de homem. E pode me explicar os motivos de sua decisão? Eu pigarreei, os olhos mergulhados na tampa da escrivaninha por ser a pergunta que eu mais temia. Claro, eu não dispunha de uma explicação, algum pensamento que se transformasse em palavras. Dizer o que a meu pai que ali, na minha frente, esperava me ouvir para entender? Com muito custo, depois de um tempo de silêncio, levantei os olhos com esforço brutal e disse, Pai, não consigo, e senti meus lábios tremendo por um comando que não era meu. Sim, ele disse, não consegue. Mas não consegue o quê? Não consigo explicar, acabei arrancando um peso do peito como a expulsão purgativa de um feto. Então aconteceu uma coisa que me deixou embaraçado: ele me chamou de meu filho com uma voz do lado macio e fora de seu hábito. Senti a vontade fraca, fraca, preferindo fugir e me esconder para não continuar aquela conversa. Mas não fugi.

Preciso correr as cortinas e deixar que o sol desça até aqui. Ou acendo a luz, não sei.

E pensar que jamais me imaginei abrindo estas gavetas, como se os papéis aqui guardados estivessem interditados a olhos pagãos. Só mesmo meu pai, ele só, mesmo, detinha todo poder que exercia sentado nesta cadeira abrindo e fechando as gavetas desta escrivaninha. Nossa curiosidade ficava com os olhos abertos do outro lado da porta: o limite. Se qualquer um de nós entrava neste gabinete, atendia a uma convocação dele, por isso já entrava em desvantagem. Desviei os olhos de suas mãos cabeludas e deixei que o silêncio me arranhasse o rosto, até que ele disse, Mas você já pensou, meu filho, que assim, sem estudar, você nunca vai ter nada na vida? Cresci ouvindo algumas frases que ele repetia sempre. Em uma das que mais gostava de usar, ele dizia que os pais, tudo o que fazem é para o bem dos filhos. Só que nunca perguntou a minha opinião sobre o que seria o meu bem. Eu me encerrava no quarto e ficava medindo nossas diferenças, então concluía que as pessoas não têm o mesmo ponto de vista sobre todas as coisas.

Quando ele abria esta porta aí, empesteava a casa com o cheiro doce de seu cachimbo, que sempre achei horroroso, mas contra o qual jamais reclamei. Ninguém reclamava. Toda vez que falei daquilo com minha mãe, saí com a impressão de que ela fingia gostar daquele cheiro. Acho que apenas o tolerava em respeito ao marido. Ele saindo ou chegando, o modo de cumprimentar minha mãe era com um beijo na testa, um beijo de raspão, isso sim. E minha mãe, ela era flor delicada e frágil, qualquer brisa mais forte poderia ser-lhe fatal.

8

Não vejo as diferenças, não fui treinado para vê-las. Estranhos papéis, cada qual com sua identidade, com seus enigmas e significados. Meu pai conhecia-os todos e não fechava os olhos para lhes recitar os códigos. Sentado neste trono reinava soberano sobre a casa, território de seu império, lendo mensagens que só ele entendia e assinando documentos com que regia a todos. Quando saía ou chegava, roçava os lábios tão somente na testa da esposa. Ela mesma, entretanto, ao me envolver, pareceu-me desprotegida. O céu ameaçava despencar despedaçado, o céu escuro que se amontoava por cima do mar. Minha irmã tinha desaparecido e me senti angustiado, sofrendo intensamente a sensação de que jamais voltaria a vê-la. Os cômoros de areia moviam-se com o chiado do vento e meus olhos ardiam. Eu queria gritar para que as pessoas fugissem, minha boca, entretanto, não tinha dentes nem língua e não se abria. Que faço com estes papéis cujo significado ignoro?

Uma de suas frustrações, mas fazer o quê? Seu rancor começava pelos olhos que me anulavam, e o rancor, a qualquer hora do dia, era porque eu não quis reproduzir em mim suas marcas úmidas. Seu desejo de perpetuidade amoleceu com minha decisão de não ser ninguém. Isso me diziam sempre seus olhos que me anulavam. Contentou-se em fazer da Laura sua continuidade? Não sei, não tenho como saber, principalmente agora, que eles são apenas duas ausências. Mas acho difícil que tivesse aceitado a substituição tranquilamente. Machista nenhum se sente confortável no corpo de uma mulher. Por que será que ele guardava tanto papel nestas gavetas? Vontade de botar fogo nisso aí tudo como um dia botei na máscara que ele amoldava por cima de meu rosto.

Tenho a impressão de que as contas estão misturadas, pagas e a pagar, sem critério nenhum. Água, luz, telefone, impostos, meu deus, como alguém pode suportar uma vida regida por valores e datas de vencimento, por compromissos absurdos? E o que lhes resta, que espaço existe onde possam movimentar-se e respirar? E respiram o quê, se o ar que ainda não estragaram já está todo loteado?

Ele sentado aqui no trono e eu ali na frente, muito diminuído, porque ele tinha dito que precisávamos conversar. Eu já sabia que meu pai, precisando conversar comigo, nunca era a meu favor. Como entender, então, aquela brandura da voz? Mas você já pensou, meu filho, que assim, sem estudar, você nunca vai ter nada na vida? Nunca mais, nos anos que se seguiram, tive a mesma coragem de arrastar os olhos subindo até o peito dele, depois do susto que era ver suas duas mãos cabeludas, e perguntar, com o farrapo de voz que me saiu tropeçando pela boca, E quem foi que disse ao senhor que eu vou querer ter alguma coisa na vida? Na vida? Alguma coisa? Minha língua gelada e suas papilas conheceram o medo, seu gosto sem cor. Ele me olhou perturbado porque eu me recusava a ser sua continuação, seu cúmplice, talvez. Nossos códigos não coincidiam, por isso não nos conhecíamos.

Não, eu não tenho culpa de nada. Não tenho. Que faço com estas pastas? Nenhuma. Melhor deixar na gaveta. A Laura, ela que. Não tenho. Ele teve de se contentar com a Laura e sua advocatura. Depois eu volto pra gente discutir o que fazer com tudo isto, e seu queixo em riste apontava para nossa casa. Seu queixo com a utilidade que tem. Depois ela volta. E já devia ter voltado. Já devia porque agora não sei mais como é isso: existir.

Mas afinal, que faço eu aqui sentado nesta cadeira que sempre serviu ao exercício do poder, mexendo nas gavetas onde toda nossa vida era guardada e catalogada, nossos compromissos eram classificados por importância e data? Não vou mais mexer nisso aí, nesses papéis. Não tenho a chave destes mistérios. Vou esperar pela Laura, que ela mais do que ninguém adora decifrar enigmas. Pra gente discutir o que fazer com tudo isto. Ela disse como forma de me agredir, porque "tudo isto" é nossa própria vida, que eu não conheço outra, em outro ambiente. Já devia. O carro partiu cantando. Os pneus cantando uma fumaça azul. Depois eu volto.

Não tenho outro jeito: acho que preciso telefonar para a Laura. Quase meio-dia, agora. Pode ser que a pegue em casa. É a primeira vez que vou usar este aparelho. Não me sinto confortável com nenhuma primeira vez. Posso errar, tropeçar em mim mesmo. Minhas mãos não são cabeludas e este cheiro que remanesce aqui deve ser de restos de seu hálito. O cheiro do cachimbo dele empesteava a casa toda de um doce que me encolhia o estômago e o apetite. Claro que ela só fingia gostar daquele cheiro. O respeito. Apenas roçava os lábios em sua testa. Opa, chamando.

Está chamando e aproveito a necessidade de não me desligar deste ruído distante, insistente, para deambular com os olhos pelas paredes, janela, armários. À minha direita, lombadas vetustas, com letras de ouro. Na parede da frente, uma gravura em que um toureiro de boné preto provoca um touro da mesma cor com uma bandeirola vermelha presa a sua espada. Por trás, aqui por trás, adivinho a cortina fechada, da janela que ainda não abri. Sei o ambiente, sei que estou mergulhado nele, mas não o sinto. Tudo isso que me envolve me é indiferente. Esta sala não me dá prazer nenhum. Não sei mais o que é prazer, se é que algum dia o senti. De tanto os amigos me perguntarem como tinha sido, o que, na verdade, não tinha acontecido, um dia convidei a Marcela pra dormir aqui em casa. De tanto me cobrarem o prazer, resolvi mergulhar nele para satisfazê-los. Sozinho em casa dois dias. Eu não tinha experiência em sexo e a Marcela tinha menos ainda. Seria o desvendamento a dois do mistério que nos ligava.

Alguém atendeu. Quem mais insistia era o Durval, o mais amigo. Alô! Um amigo, o Durval. Não, é a voz do Rodrigo, meu cunhado. Ele e a Laura jogavam frescobol na areia. Sim, o Adriano. Dá pra perceber que ficou sério, pois não me cumprimenta com seus gracejos idiotas. Até hoje me chama de cunhadinho, como se o tratamento ridículo já não tivesse perdido inteiramente a graça. Às vezes pergunta, Como vai o cunhadinho?, com voz esganiçada e um riso cretino. Pergunta como estou sem voz esganiçada e sorriso cretino. Que vou, não é, vou como posso. E não sei mais o que dizer porque me sobrevém uma vontade terrível de abrir as comportas do choro represado. Ele me dá os pêsames como fórmula apenas de boa educação, Conheço isso, cara, conheço bem, e finalmente agradeço com um pigarro incômodo.

Livra-se muito educado do diálogo difícil perguntando se quero falar com a Laura. Ela demora um pouco para atender, preparando resistência, suponho, fazendo a cara que já conheço, erguendo e sacudindo os ombros. Minha irmã tem gestos, trejeitos, trata-se de um ser cravado com firmeza na existência, com suas marcas e compromissos. Não consigo distinguir os ruídos que me chegam de quatrocentos quilômetros, mas percebo que há cochichos e relutâncias, insistências ferozes.

– Alô!

Ah, maninha, maninha, minha irmã, tão fraco me sinto, tão desprotegido em minha solidão, e te ouço com essa voz profissional, como se se tratasse de um novo cliente, como se aqui, do outro lado da linha, houvesse, para você, apenas uma promessa de proventos que poderão garantir a satisfação de alguma gula. Como entender essa interjeição que não é nenhuma pergunta, que não se carrega de nenhuma ansiedade, que mais parece uma gravação para uso geral?

Finalmente me pergunta como estou e não respondo porque não estou interessado em cumprir ritual qualquer que seja, e dizer o que penso de sua pergunta seria ofensivo.

Ela por fim se comove com meu choro e não resiste mais. Nas lágrimas é que nos encontramos, sem necessidade de palavras que nos enlacem. São nossas vozes sangradas que, por um momento, nos deixam do mesmo lado. É descabida qualquer medida de tempo na circunstância atual, mas sei que não é pouco o que está transcorrendo quando ouço o estrépito de Laura se assoando, seu nariz vermelho bem perto da boca do telefone.

Suspiramos, ambos, suspiros familiares como nossos laços antigos. Por fim, encorajado por suas demonstrações de afetividade, conto a ela que passei a manhã tentando decifrar os códigos da casa querendo entender seu funcionamento, mas não possuo a senha, e o mistério continua aqui, a me espreitar de dentro destas gavetas em pastas que se mantêm inteiramente mudas para mim. Seus monossílabos não me encorajam a continuar, mas também não me intimidam. Não paro e pergunto, depois de ter falado bem mais do que é meu hábito, quando é que ela virá me ajudar.

– Ajudar?!

Sinto uma contração do estômago como se mão gelada me apalpasse o rosto. Sinto a aspereza da barba, que já não faço há vários dias. Seu grito me penetra até o fundo e me revolve os intestinos. Ajudar?

Existem palavras que significam mais do que simplesmente significam, porque tornam-se maiores do que sua própria estatura quando postas em movimento. E eu, distraído, cometo o erro de não levar isso em conta. Ajudar é um verbo que a Laura se recusa a conjugar para mim desde nossa adolescência. Minha inépcia escorre no suor de minhas mãos.

Ela pede que eu pare de gaguejar, pelo amor de Deus, mas só assim explico minhas penumbras, pois é com passos trôpegos que percorro meus crepúsculos. A manhã inteira, uma quase verdade, relato, tentando decifrar cifras e nomes, sem resultado algum. Que gavetas são essas, clamo cortando as sílabas, de onde se regem nossas vidas e onde passado e presente recebem estranhas definições?

Você foi sempre omisso, tenho de ouvi-la dizer. Nunca se interessou por nada que dissesse respeito aos aspectos práticos da vida. Seus pais, e a Laura faz uma pausa demorada com o nó que presumo em sua garganta, seus pais, agora repete, se assumiram como provedores, Adriano, e enquanto estavam aqui, tudo bem, você flanou com modéstia, mas sempre do jeito que quis. Agora se queixa?

Ouço em silêncio o discurso conhecido. Dou a ela o ouvido, como sempre fiz, para que despeje nele suas convicções, o modo como entende o mundo. Ouço resistente, sem necessidade nenhuma de responder. Por fim a vejo impaciente querendo encerrar o assunto, prometendo, para tanto, que em menos de uma semana ela vem para resolvermos o que fazer com tudo isso.

Sinto que o pânico se aproxima e, antes que ela se despeça, me queixo da falta de dinheiro, que o pouco encontrado na gaveta da nossa mãe não dá para mais do que uns dois dias.

A vibração de seu mau humor me chega pelo fio e começa com um silêncio marcado apenas pelo ruído de sua respiração arquejante. Você foi sempre um inútil, ouço seu berro com voz distorcida, como se aquele som estivesse preso no interior enferrujado de uma lata velha, um som muito velho.

— Você foi sempre um inútil, Adriano, viveu sempre nas costas dos outros, agora chegou sua vez. Você que se vire.

Ela desliga o telefone sem se despedir e ainda tive tempo de ver os pneus, cantando uma fumaça azul.

9

$\mathcal{A}$cordei hoje cedo de ouvidos respingados pelo ruído da chuva. A fome se levantou da cama comigo e, enganado, cheguei a abrir a porta com intenção de ir à padaria. A Fabiana está de férias, ela me disse. O dia estava resfriado em todas suas direções por causa do vento que derrubava das nuvens uma chuva de soslaio. Na geladeira havia umas sobras, eu não tinha por que me molhar. Não fiz todas as refeições durante esta semana, poucas vezes senti fome, apesar do crédito oferecido pelo dono da padaria. Ele tem-me tratado com muita cortesia, e cerimonioso pergunta como estou passando, se preciso de alguma coisa, e ainda pergunta pela Laura, que deve chegar hoje.

Não fosse por dois primos, que apareceram em visita de pêsames anteontem, minha semana tinha sido inteiramente branca. Ou quase. Não voltei a mexer na escrivaninha nem entrei mais no escritório. Me sinto muito mal na companhia daqueles livros de capa dura e vermelha, uns livros de esconder parede. A Fabiana tem feito muita falta. Me dei conta disso no meio da semana, quando ela veio me visitar. Deu uma arrumada na cozinha mesmo com sua roupa de sair. Ela dizia, Credo, como está ficando esta casa. Credo. E passava o dedo por cima dos móveis depois limpava num trapo conhecido dos tempos em que era a empregada de minha mãe. Não ficou muito tempo aqui dentro, acho que não se sentiu bem, porque fazia uns olhos redondos e grandes olhando para os lados, os lugares todos. Fiquei sabendo que a Laura, sem me consultar, lhe dera férias. Os primos vieram no dia seguinte, com suas gravatas escuras e seus ares graves. Sentaram aqui na sala e não aceitaram nada para beber. Coisa de meia hora, o tempo que levaram para me dar os pêsames e dizer que precisavam ir embora por causa de seus compromissos inadiáveis. De que adianta estarem vivos se gastam a vida atrás de compromissos?

Praticamente não tive noite aquela noite. De manhã, foi que vi a casa e os velhos, mais tarde apareceram umas pessoas parecidas comigo. Então entramos no carro e viajamos pelas ruas de uma cidade feia, de casas baixas quase sem pintura. Na frente da casa em que o carro parou, uma multidão maior ainda do que eu vira no dia anterior. Eu estava aterrorizado, porque de dentro da casa vinha choro de adultos. Empaquei ali fora, me agarrei às grades do portão, mas meu pai tomou a iniciativa de me levar para dentro e fui praticamente arrastado. Sem abrir a boca, sem outra reação além de manter os pés unidos e imóveis, em pouco tempo me vi cercado por pessoas altas que choravam.

Quando a Marcela aceitou dormir aqui em casa, ela amoleceu o olhar e os lábios, quando ela aceitou, pois sabia os vários significados de dormir. Não só aceitou, consciente, como permitiu que o corpo todo entrasse numa preparação impudente, exposta sem pejo em seu rosto. A voz da Marcela ficou pastosa como se sua língua estivesse inchada. Era nossa primeira vez, e estávamos os dois um pouco ansiosos. No dia seguinte fui esperar por ela no ponto do ônibus e achei que tivesse acontecido qualquer coisa, tamanha a demora. Só eu no ponto, um poste, com meus dois pés cravados na praça. Detesto esperar e é o que mais tenho feito na vida.

O frio mais ou menos se instalou aqui dentro de casa, porque não tenho deixado entrar o ar que se move lento debaixo do sol. Esta blusa nem chega a ser de lã, mas me protege os braços e o peito. Quase não troquei de roupa. Nesta última semana economizei tudo que se pode gastar. Também pouco me usei, deitado aqui no sofá ouvindo música da manhã à noite. As janelas permaneceram fechadas e escondidas pelas cortinas. Fiquei aqui, pouco pensando, gozando a sensação de que tudo estava em repouso ao meu redor. Mesmo o tempo havia interrompido sua viagem. A vida toda andei atrás deste sentimento: até o tempo parado.

Pelo que disse minha irmã, ela vai chegar hoje. E vai trazer consigo as senhas com que costuma entrar nos escaninhos onde a vida se esconde. Um dia, me procurou no quarto e começou a fazer um discurso sobre o futuro. Só não comecei a rir porque gosto muito de minha irmã e ela ficaria ofendida. Não ri, mas assim que ela encerrou sua fala, perguntei, sem tom de zombaria, como ela entendeu, se o futuro realmente existia. Mas tudo, repliquei, quando acontece, acontece no presente. E se nada acontece no futuro é porque ele não existe. Ela me olhou sossegada, pois viu que eu não estava zombando, e me perguntou se era nessas coisas que eu passava o dia pensando. Respondi que não sei, que talvez fosse. Agora, neste exato momento, tenho a impressão de que uma boca escura me espera e que se trata do futuro. É como uma caverna inteiramente mergulhada nas trevas, onde cada passo tanto pode ser para a saída como para o fundo. Fecho os olhos e deixo que a música ocupe meu cérebro e me domine o corpo. Só a música existe. Só a música existe. A música me preenche os desvãos enferrujados da consciência.

Preciso manter os olhos fechados para que meus sentidos não me atrapalhem. Já estou fora do tempo e aos poucos me desfaço da existência, pois nada existe fora dele. A música me penetra, mas sem me transportar em sua viagem.

Se eu morresse agora, seria uma morte feliz porque imperceptível.

A única coisa que temo é a dor e o sofrimento. Olhos fechados. A música. Me desfaço da consciência. Sem existência o tempo não flui.

Mas o que é isso agora? A campainha? Acho que estive dormindo. E se ela for embora? Preciso me apressar. Quem mais poderia ser? Só pode ser a Laura. Então cumpriu a promessa! Veio mesmo, minha irmãzinha. Onde porra enfiei esta chave? Ah, aqui! Preciso acordar depressa. Esta minha cara, os olhos inchados. Acho que dormi. Ela nem me deixou fechar a porta direito, me derrubou por cima do sofá. A sede da Marcela me assustou um pouco. A chuva parou, mas o ar que desce das nuvens está úmido. E fresco. O sol não aparece. É o carro dela, eu sei, e ela já me viu. Ela entra sorridente na garagem. Me parece que o sorriso esconde um pouco de ansiedade. Não sei. Depois do que me disse pelo telefone, pode ser. Nos abraçamos ali mesmo, nos degraus. A Marcela estava um pouco pálida. E trêmula. Eu e meus medos. Então voltei com a camisinha e ela se sentiu ofendida. A Laura molha meu ombro com suas lágrimas e eu babo em seu cabelo. Que desgraça, ela repete baixinho, que desgraça, e não sabe dizer outra coisa por enquanto. Por fim, cessam os solavancos de nossos soluços, e ela vai na minha frente, altaneira, para entrar pela primeira vez nesta casa onde viveu com outros habitantes. Ela atravessou o palco, uma vez, com este mesmo andar um pouco sacudido, sem olhar para os lados. Andou ganhando outros prêmios, e atravessou de queixo erguido uma quantidade de palcos. A Laura. Nem por isso encontrou a fonte da eterna juventude.

Ela passa com os pés silenciosos por cima do capacho e estanca de repente na primeira sombra do interior da sala. Olha em volta e demora a entender. Então grunhe e seus olhos buscam imagens que não existem mais. Ela grunhe como animal jovem pedindo socorro. Seu corpo todo participa da compreensão quando ela por fim chega. Inteiramente órfã, ela não sai do lugar, empacada, enquanto se agitam ombros e braços, desconexos, e seu choro explode novamente dentro de sua boca deformada, porque agora sim, agora ela se vê obrigada a acreditar completamente que a casa está vazia. Com seu ar parado e gordo de sombras, seus móveis um pouco encolhidos e mudos e as janelas escondidas por trás das cortinas que não se movem, a sala é estranha, a Laura repete e soluça, Como se eu estivesse entrando enganada nesta casa.

Um sentimento sólido e muito grande me embota os sentidos. Eu estou com pena de minha irmã, eu sinto muita pena dela. Eu já experimentei esta certeza e seu gosto ácido. E só tive sombras por testemunhas. Então sinto força para acariciar os cabelos de minha irmã, para enxugar suas lágrimas. Consigo levá-la até a cozinha com a esperança de que a trivialidade do ambiente e o desleixo em que o mantenho ajudem a afastar da Laura os pensamentos mais tristes. E tenho razão. Ela senta à mesa e afasta louças e talheres sujos de comida. Então me pede um copo de água com açúcar. Depois de entornar o copo, faz uma careta. Não muda nada, minha irmã? E saiu fazendo uma careta de nojo, como se eu tivesse dito uma monstruosidade. Depois do jantar, aquele papo em voz mansa, meu filho, assim você nunca vai ter nada. Depois do jantar. Escove os dentes logo, ele ordenou com a voz masculina de pai, precisamos conversar. Não sei de onde tirei a coragem: Mas e quem disse ao senhor que eu quero ter alguma coisa?

A Laura olha em volta e sei que está procurando nossa mãe. Preciso arranjar algum assunto com que distraí-la e conto a ela que a Fabiana esteve aqui outro dia e deu uma arrumada rápida na cozinha. Ela diz que amanhã a Fabiana virá novamente, e, dizendo isso, vai até o fogão e põe água a ferver. Está um pouco desorientada, mas desde seus tempos de criança esta casa mudou muito pouco. Encontra, finalmente, o armário onde descobre o pote de café.

Enquanto não ferve a água, a Laura abre a janela e se atira heroica contra aquela louça suja, dando a mim a oportunidade de ficar observando-a pelas costas, com meu olhar parado e a boca sem ter o que dizer. Ela está mais forte, o corpo mais redondo, como se preparasse uma primavera. Tenho medo de que ela ouça meus pensamentos e desvio os olhos, que, em brasa, devem deixar cicatrizes na minha irmã. Ela diz qualquer coisa que não entendo, mas acho que não espera resposta. Tenho a impressão de que apenas resmunga contra o estado em que deixei a cozinha. E suas pernas, tão estreitas e insignificantes quando criança, são agora duas colunas esguias, que me dão a sensação de solidez, de algo feito para durar. Me escondo novamente de meus pensamentos fechando os olhos. Se ela me encarasse agora, com atenção, conseguiria ler o que estou pensando, mas minha irmã não me encara ao trazer da pia as duas xícaras cheias. Apenas me pergunta se ainda prefiro café preto, como antigamente.

Um gole depois do outro, com ritmo certo e poucas palavras. Com certeza ela se sente constrangida ao se lembrar do que me disse ao telefone um dia desses. Talvez esteja esperando minha reação, mas prefiro fingir que esqueci. E isso é fácil porque sempre fui considerado o absorto, impermeável ao ambiente.

A janela está aberta para que eu possa assistir ao céu escurecendo, muito pouco, é claro, mas já sem o brilho azul, quase uma vertigem como uma transparência: o fundo. A Laura continua pegando a xícara com as duas mãos, ela, que, desfrutando sua solidez, nunca deixou nada cair. Agora me olha firme com seus olhos castanhos, sem piscar. Me pergunta como tenho vivido, e demoro para responder porque preciso inventar uma resposta, já que ainda não tinha pensado nisso. Por fim conto a ela tudo que me aconteceu desde o dia do enterro: as visitas, os telefonemas, meus medos, a tristeza não compartilhada. Ela continua tomando goles de café, mas com um ar de quem se ausenta pensando, e tenho a impressão de que está arrependida do que disse pelo telefone, aquela ofensa.

De vez em quando uma pergunta, um comentário, sem pressa, porque o dia vai sumindo da janela. Eu me sinto transbordando, pois já não concebia esta cena familiar, nós dois sentados à mesa da cozinha, tomando café, com nossos corações no mesmo ritmo e nossos olhos acompanhando o mesmo fim de um dia.

A Laura termina de tomar sua xícara de café, levanta-se e fecha a janela. Bem, ela diz, agora toca iniciar o trabalho. É a melhor hora, ela responde quando digo que a noite já está chegando. Ela sorri e me desarruma o cabelo com a mão. Desde seu casamento, nunca respiramos tão próximos, tão intensamente irmãos. Por isso não chega a ser uma escolha, este impulso de me levantar para acompanhá-la até o gabinete de nosso pai. É um ato reflexo, involuntário, mas um ato necessário. Vou acendendo as luzes na passagem, devolvendo à casa sua alegria perdida.

Na frente da porta fechada, minha irmã para e fecha os olhos, reverente. Não entendo sua palidez, sua cabeça religiosamente pendurada sobre o peito. Espero parado cheio de respeito pela dor presumida.

Quando ergue finalmente a cabeça, o rosto dela recebe de volta o sangue que havia fugido. Seus lábios se entreabrem num princípio de sorriso, e, de queixo em riste, ela abre a porta. Sua entrada no gabinete, passos firmes e cabeça erguida, me fazem pensar em uma entrada triunfal, na invasão de todos os palcos que minha irmã teve de dominar para continuar encontrando um sentido para sua vida.

Suas mãos não são cabeludas e movem-se com agilidade, mãos seguras, na abordagem das gavetas. Estou impressionado com minha irmã, que, depois de tanto tempo morando em casa dela, abre e fecha as gavetas, pega papéis e os empilha em pilhas separadas, como se ontem ainda estivesse administrando nossa casa. Ela não precisa de ensaio. Papai sempre foi um homem muito organizado, ela me diz sem levantar a cabeça, como se estivesse apenas pensando. Muito organizado, eu repito, porque não tenho outra coisa a dizer.

Um peso em cima de cada pilha de papel, a filha de seu pai as contempla com ar vitorioso. Isso foi o começo, entendeu? Me pergunta se meu gosto não mudou e telefona para uma pizzaria. E agora preciso descansar, entendeu?

Sentada no sofá da sala, na frente da televisão ligada, minha irmã cochila sem conseguir acompanhar o noticiário. De vez em quando ela abre os olhos, me olha e sorri, como se fosse ainda uma criança. Eu respondo com meu melhor sorriso simpático, porque não estou sozinho. Fecho também os olhos por alguns instantes, evitando o noticiário, o mesmo que há anos vem sendo repetido, porque a história é circular e nada muda. Essa ideia parece ter sido a causa do afastamento do Durval. Ele acredita na história espiral: um positivista. No futuro, ele me dizia, não vai mais haver mendigos. Estávamos ainda impressionados com a cena. Debaixo do sol, como nós, vimos o mendigo, com seus andrajos, com o cheiro de sua barba. Ele estava de braço esticado e a mão aberta. Não havia possibilidade de contorná-lo, por isso paramos, duas estátuas abordadas por um mendigo. E era uma cobrança, aquele seu gesto. Quando o Durval lhe ofereceu uma cédula novinha, ele olhou e sacudiu a cabeça. Não queria dinheiro.

A Laura acorda e me pede o início da notícia, os detalhes, e bem que gostaria de lhe dar as informações, para agradá-la, mas não estava prestando atenção. Acho que não estava pensando em nada, no puro deleite de sua proximidade física. Não queria dinheiro. Então pensamos, o Durval e eu, se uma pessoa não quer dinheiro, ela já abdicou da sociedade? Nossa questão era: o que mais pode satisfazer suas necessidades? Minha irmã me explica seu interesse pela notícia, mas já surgem outras imagens, trepidando um atropelo que não consigo acompanhar.

O grito da campainha atravessa a casa, de repente revivida. Enquanto minha irmã vai buscar nossa pizza, pois ouvimos uma buzina de moto na frente do portão, saio em puro estado de regozijo desfrutando de todas as luzes da casa. O Durval tentava me converter à esperança até que um dia lhe pedi que não tentasse mais. Quando se mudou para o Sul, ligou avisando. Não veio receber abraço de despedida. Afastado. Um pouco de música, também. Será um jantar de gala.

Sufoco o remorso, que mal desponta numa fissura do pensamento. Nossa festa, pelo contrário, é um ritual de devoção, a celebração que dedicamos à memória dos dois. Essa ideia me apazigua e me sinto novamente feliz por ter por perto minha irmã.

A Laura vem atravessando a sala devagar, apreciando, o olhar oscilante abrangendo um lado depois o outro. Em sua mão espalmada, sustenta o cartucho de papelão com seu calor e seu aroma. Ela está clara com as lâmpadas todas que acendi, o queixo erguido aponta, e fico satisfeito de segui-la imitando-lhe o passo ondulante. Navegamos, agora, por mares mansos. Vai chover, ela me avisa sem se voltar, sem mudar o andamento de seu passo. Ela que esteve à porta sabe o que acontece no mundo de fora. E eu sinto imediatamente na pele o anúncio frio da chuva.

Quando acordei, hoje de manhã, senti os ouvidos respingados de chuva. Então, primeiro pensei, Com chuva pode a Laura deixar de vir? Mais tarde, depois de comer uns restos que havia na geladeira, exerci todo meu pensamento para desejar o fim da chuva. E ela parou. Não sei se a força do meu desejo teve algum papel nisso, acho que não, mas o exercício do desejar me causava prazer. Prazer e dor, pois já conhecia o fracasso do desejo, de muitas outras vezes em que joguei, e se a chuva não parasse, ela não teria coragem de viajar. Refiro a ela o meu jogo e o medo de que ela não viesse. Minha irmã me olha admirada, Mas você, ela começa, e me apresso com a resposta, pois já sei o que ela vai dizer. Não, não acredito. É apenas um jogo, uma ocupação ingênua para a mente.

Mastigamos no mesmo ritmo, os maxilares em movimento. E a impressão que tenho é de que estamos os dois contentes com este encontro. Evitamos a dor não falando de nossos pais, contornando tacitamente assuntos que nos levem a eles.

O vinho nos deixa em leve estado eufórico e aumenta nossa necessidade de comunhão, mas nossas pálpebras tornam-se mais pesadas, e a Laura diz que está muito cansada. Ainda hoje pela manhã, ela me conta, trabalhou em vários processos e acompanhou uma diligência na vara da família. Mal teve tempo de almoçar e cair na estrada. Ela boceja com a sonoridade permitida pelo parentesco e me reconheço nessa melodia antiga. Nós dois rimos antes de nos despedirmos.

Com sua valise pesada na mão, eu a sigo pelo corredor. Ela para e me diz que não gostaria de ficar em seu quarto de adolescente. Estamos na frente de uma porta fechada e ela reluta. Mas ele nunca mais foi mexido, argumento, e minha irmã sacode a cabeça. Tenho medo do passado, finalmente confessa. Proponho então que ela ocupe o quarto de nossos pais, onde até hoje não tive coragem de entrar. E minha irmã aceita a sugestão com uma alegria de criança como se a estivesse esperando para se decidir. Ponho a valise sobre a cama e digo sério que isso não existe. O quê?, ela me pergunta admirada, pois a ela não parece que eu esteja continuando um assunto. Isso, de passado. O tempo não existe fora de nós, jogo agressivamente sobre minha irmã.

— Não me enche, Adriano. Vai embora, vai, que não estou pra filosofias.

E ela me empurra delicada mas com firmeza para o corredor. Não sei se saio aliviado deste quarto que, mesmo antes, já me parecia uma gaiola de fantasmas, ou se gostaria de ficar mais tempo curtindo esta irmã de quem sempre mantive alguma distância medrosa. Desejo boa noite a ela e saio, fechando a porta com gesto melodramático. Minhas últimas palavras me soam meio acanalhadas por causa de certa entonação proposital de ironia.

À medida que vou apagando as luzes da casa, vou mergulhando sem remédio em uma nuvem de tristeza. Sou o último a me deitar e isso está muito perto de significar que sou o único. Ouço a chuva cair com mais vigor, como se empenhada em uma disputa, uma espécie de raiva ou desejo de vingança.

Me acomodo, por fim, enrolado no edredom, e me concentro no conforto que é sentir o calor macio onde estou protegido. Fecho os olhos porque são inúteis nesta escuridão, e procuro dormir. Gostaria de esvaziar a mente e anular o tempo. Existir como uma pedra, que não tem necessidade de respirar, que não tem necessidade nenhuma. Sinto um pouco de dor nas costas e nas pernas, mas não tanto que me sinta impedido de dormir. Como sempre, meu estorvo é a cabeça acelerada. Eu ouvia este barulho de vento e chuva, e tentei acender a luz. Não consigo lembrar por que tentei acender a luz. Ainda ouço o grito com que acordei minha mãe. Era um grito gutural e escuro. De animal desesperado. Senti bem o que é ser o único semovente no universo. Ela me tomou nos braços e respirei todo aquele cheiro conhecido, o cheiro que vinha dela e que me acalmava. Dormi o restante daquela noite protegido pelos corpos quentes e imensos que me escondiam da escuridão.

Só se ouve o chiado da chuva e do vento. Nada mais existe. Nada mais.

10

O silêncio está escuro ainda, e respiro em ritmo lento meu ar, o corpo todo empenhado em descobrir vestígios de que o dia está chegando. Empurro um pouco o edredom para baixo e liberto os cheiros da noite. Espero de ouvido atento os sinais de vida, que me chegam da rua, indefinidos, os sinais que, de tão comuns, já quase não percebo. O ar está fresco porque entrou pela vidraça aberta, empurrado pela chuva da madrugada. A Laura e eu estamos dormindo no mesmo ambiente. Se eu der um grito ela me ouve. Um grito medonho, de fera, um grito gutural e escuro que atravessou as paredes e foi acordar minha mãe no quarto dela. Seu instinto iluminava o corredor enquanto ela me carregava no colo para seu quarto. Sua voz me acariciava, Não foi nada, filhinho, a mamãe está aqui. Dormi o resto daquela noite sentindo o calor dos dois corpos imensos que me protegiam. Ela está aqui bem perto, do outro lado da parede e isso me dá a sensação de que tenho uma família, de que ainda me resta alguma ligação com a vida.

Pisco mais rápido e vejo pulando a mancha do dia que atravessa a cortina imóvel. Termino de empurrar o edredom para os pés e me livro da noite, largado inteiro sobre a cama. Não há mais o que dormir, por isso me levanto, mas sem fazer muito barulho, provedor do sono de minha irmã. Na opinião de meu pai, era a inveja que amargava minha boca toda vez que a Laura ganhava um prêmio. E ele poderia entender a verdade? Claro que não, mergulhado em suas convicções e no barro da vida, a vida, como eles a concebem, jamais poderia supor até que ponto considero tudo isso desprezível. Ah, não, ele não compreenderia quanto amei a Laura desde sempre, mas ela mesma, a minha irmã limitada por sua pele, e o quanto desprezei suas vitórias inúteis e efêmeras.

Enquanto escovo os dentes, ouço ruídos que vêm da cozinha: uma torneira aberta, o grito metálico de uma colher contra o granito da pia, passos leves, muito leves. É possível que a Laura, a esta hora? Ela de pé? Pois apesar de muitas vezes o desprezo a deformar-lhe o rosto, nunca duvidei de que me amasse também. Quando à mesa declarei que não estudaria mais, minha irmã não conseguiu terminar o almoço. Levantou-se esmagando-me com sua careta e fugiu para o quarto. Passou o resto da adolescência tentando me convencer de que eu havia cometido uma besteira ao jogar a vida fora daquele jeito. Isso era sinal de amor. Sua preocupação comigo. Muitas vezes fomos ríspidos um com o outro. Ainda outro dia, pelo telefone, ela me insultou. Pobre irmã! E ela, o que ela faz de sua vida a não ser cumprir compromissos, obediente a uma reles agenda?

Parado na porta da cozinha, sua luz silenciosa me atinge inteiro. De costas para mim, a Laura se ocupa do café escuro e de brilho aromático. Ela se move elegante com o corpo de nossa mãe antes de sua idade. A cena me emociona à beira das lágrimas: sua presença doméstica, como se a vida toda fosse assim. Às vezes penso que o único sentido da existência é o amor por algumas pessoas, nossas ligações. O pescoço fino de minha irmã, seu corpo delgado, os cabelos fazendo ondas quando ela anda, e até seu queixo erguido, é tudo cópia de minha mãe. A Marcela, mal entramos na sala, se jogou com ímpeto sobre mim. Ela estava preparada. Ela deve ter passado a noite preparando-se para mim. Ficamos algum tempo deitados no sofá esfregando-nos um no outro, as mãos bastante ativas. Quando senti que atingíramos o clímax, pedi que ela esperasse um pouco e fui ao quarto buscar uma camisinha. Na volta, encontrei-a irritada, tensa, respirando um ar barulhento, seu rosto com manchas brancas e vermelhas. Tem medo de que eu esteja infectada?, ela me agrediu. A voz estava mais dura e aguda. Que não, respondi, é que não quero ser pai.

Ela faz um gesto de espanto, como se um susto por me ver ali parado e atingido pela luz da cozinha, mas em seguida me sorri, como se agora fôssemos cúmplices de alguma travessura. Entro na cozinha sobre minha altura e dou-lhe um beijo na testa que me espera entre a mesa e o fogão. Fazemos tudo parecer uma cena de dez anos atrás. É um fingimento que me causa tamanha alegria e tanta a ponto de sentir em meu corpo que vivemos sempre assim.

Ah, minha irmã, minha doce irmã, como a vida me entraria pelas veias, estuante, se ficássemos assim juntos, sem necessidade de mais ninguém.

O pão sobre a mesa ainda pulsa o aroma quente da padaria. Recente. E o vapor que sobe da leiteira é gordo, nutritivo. Arrastamos nossas cadeiras para iniciar o ritual da alegria, com gestos entre automáticos e cuidadosos, evitando qualquer excesso. Minha irmã mastiga devagar e me dá a impressão de que mantém os pensamentos divagando pelas distâncias: seu ar absorto. Pergunto-lhe então se passou bem a noite e, antes de responder, ela abre muito os olhos para voltar à mesa.

Toda vez que a Laura me encara com o rosto de esguelha e as sobrancelhas erguidas, ela me faz entender que adivinha o que não está dito. Então, sentada no mesmo lugar onde a via lambuzada de mingau, minha irmã mantém o rosto de esguelha e ergue as sobrancelhas. Antes de responder, ela derruba sobre a toalha os farelos de pão que, grudados em seu braço, a estão incomodando como se fossem uma reminiscência. Fantasma não me tira o sono, meu irmão. Agora ela me encara melhor, seu rosto de frente, e sorri vitoriosa. A Laura deve estar falando a verdade, porque seu rosto esplende saúde e ela tem um ar repousado, com as feições firmes de quem descansou uma noite inteira.

Durante este tempo todo em que somos nossa família, sinto um vazio em alguma região de meu corpo, um vazio que finjo não saber que é um medo com seus disfarces e astúcias. Conversamos sobre banalidades, evitando tacitamente trazer de volta o que já passou. Ela me fala pausado sobre as vantagens do pão recém-tirado do forno e eu respondo comentando as virtudes desta margarina. Estamos no presente e o presente nos basta. Não trazer de volta o que já passou, eu penso com força, concentrado.

Contente, pergunto apenas para agradar. Preciso dizer alguma coisa que agrade minha irmã, que mostre a ela que sua presença me deixa contente. Por isso pergunto se vai ser muito difícil botar tudo em ordem, muito trabalho. Em seus olhos, que súbito brilham, descubro o prazer da resposta. Bem pouco trabalho, ela responde cheia de imponência, agora, bem pouco. Meu pai foi sempre um homem muito organizado. Então me lembro de que era ela, a Laura, a única a ser admitida na cadeira de onde se regia nossa vida. Ela o ajudava com frequência. Ajeita o cabelo reflexivo e repete muito organizado e a impressão que me dá é que ela diria alguma coisa sobre andar sempre preparado para a morte. Não sei por que não diz, e a ideia que foi isso o que ela quis dizer fica repercutindo na minha consciência. Preparado para morte, isto é, organizado.

Falar da organização de nosso pai é a ponte para trazer os assuntos que estivemos evitando. Eu também, eu conto passagens que me vêm à memória. E acabamos recordando cenas que nos fazem rir. Meu pai, que só tirava a gravata para dormir. A Laura conta que o viu tomando banho de gravata. Não acredito no que ela diz, mas damos risadas alegres, então parece que eles já estão mortos, que podemos falar deles com voz sem lágrimas.

11

Alguns destes livros velhos moram aqui nesta sala há mais tempo do que eu. Além da severidade das lombadas, que me infundiu medo na infância toda, o cheiro é que amarra em mim as pontas do tempo, sempre o mesmo, sem modificação nenhuma. Aqui dentro não consigo separar algumas sensações: o vermelho das lombadas e o cheiro de papel velho não têm diferença. Minha respiração torna-se ofegante e levemente áspera quando respiro estas lombadas. Suas mãos pareciam duas aranhas de movimentos lentos e grossos. Pergunto à Laura se posso ajudar. Ela me fita com lábios entristecidos e secos depois ergue as duas sobrancelhas. Você, Adriano, ah, você!

Fico atento, na expectativa do que virá. Minha irmã prende os documentos com clipes depois de os classificar. Muito concentrada. Fala como se falasse apenas com os lábios, seu movimento. Reconta, confere, suspira e me olha. Nesta casa, meu irmão, você nunca passou de um enfeite que a mamãe tratou de cultivar. Um quadro na parede, um vaso de flores, uma tapeçaria, e meu irmãozinho, que jamais aprendeu a fazer coisa alguma para não ser conivente com o mundo que não presta e que, por isso, não aceita.

Ela continua falando como se estivesse na companhia de quadros na parede, vasos de flores e tapeçarias. Então me encara com ar radiante e sugere: o café, só esquentar. Me surpreendo feliz ao me encaminhar para a cozinha. Atender a um pedido da Laura é um desejo que chega a me atrapalhar a respiração. Só esquentar.

Atravesso a sala rumo à cozinha e esfrego o olhar nos móveis, que perderam a familiaridade, ensimesmados, como se lhes fosse desconfortável esta nova configuração. Encontro mudo o piano fechado em pura potência de uma alegria que me recuso. Então descubro, na entrada para o corredor dos quartos, o vaso com a arália e tenho a impressão de que suas folhas espalmadas estão opacas, pedindo socorro, esquecidos que estão todos os vasos há mais de uma semana. Não sei se vou ter ânimo para cuidar disto tudo. Passo pelos quadros e pela tapeçaria com que me comparou minha irmã. Não me sinto bem ao passar por eles. Adriano, o enfeite. Na minha ausência, falavam a meu respeito. Sem complacência. O enfeite.

Apesar da presença da Laura em casa, lá no gabinete, como a gente chama a biblioteca, o ar desta sala mantém-se imóvel, o mesmo ar branco, preso aqui dentro há vários dias. A Laura ocupa a cadeira do comando, de onde meu pai regia nossas vidas. Ela treinava esta função. Os dois entendiam-se muito bem, com as mãos e os papéis sobre a escrivaninha. Parece que apenas eu, nesta casa, estou contente com a companhia da minha irmã. Nada além de mim, com esta cara em véspera de cantar.

A cozinha está limpa e exala um cheiro agradável.

Chega a ser um pouco indecente o modo como a Laura desliza pelo ambiente porque o tempo todo finge ser nossa mãe. Não há gesto seu, neste espaço da casa, que não seja pura imitação. Abre e fecha a torneira, vira-se para o fogão e ergue a tampa da chaleira, ergue as sobrancelhas, enxuga as xícaras, tudo com movimentos redondos de tão coreografados.

Finalmente ela me serve, para encanto de meus olhos, que acompanham a dança do vapor. Ela não diz nada e agora suas mãos terminam em dedos muito afilados, talvez reflexivos porque não tamborilam sobre a tampa da mesa. Durante algum tempo não me encara, o olhar escondido nas ondas da cortina azul da janela. O pescoço longo de minha irmã. Salomão, o poeta bíblico Salomão, compara o pescoço de sua amada a uma palmeira. É assim mesmo? Tomo o primeiro gole de café com cuidado para não me queimar nem fazer barulho. Ela se irrita. Aos poucos assumo a postura de Laura, com economia muito grande de movimentos. De medo, não a quero despertar, pois descubro em sua imobilidade e no modo como repuxa um canto da boca e espreme os olhos que ela está tensa.

Sorvemos em silêncio e a pequenos goles quase todo o café. Então finalmente parece que minha irmã se desenrola decidida ao mesmo tempo em que me encara. Ela nunca foi de falar com ninguém de olhos agachados. E, quando entrava nos palcos, mantinha o queixo erguido, um queixo em riste. Altiva, altaneira, alta palmeira. Só quando estou perto dela é que sinto o tempo pulsar como uma existência. Porque não consigo pensamento suficientemente concentrado para congelar tudo em minha volta.

Os lábios da Laura, meu Deus, os lábios da Laura! Eles se movem densos e macios. Eles se movem descorados e secos na minha direção, e isso parece uma febre. A Laura me chamava com os lábios e os braços largos pedindo a bola, que eu lhe devolvesse a bola, mas meus pés permaneciam mortos, e meu corpo todo estava imóvel, senão os olhos. Tento entender o que ela diz, corpo tenso, concentrado e o suor me escorre pelo rosto. As nuvens aglomeradas sobre o mar escureciam aquela parte do dia, onde nenhum raio de sol conseguia penetrar, e que mais parecia um fim. No meio da sala, sobre um estrado, o caixão, que então descobri. Um caixãozinho branco, do meu tamanho, e a seu lado, reclinada sobre ele, a tristeza de uma mulher desesperada.

Estou no centro de seu olhar sem nenhum anteparo, inteiro exposto, um alvo que ela poderá atingir com suas palavras. Os lábios da Laura movem-se densos e macios, apalpando-se como almofadas silenciosas. Finalmente consigo erguer a xícara e tomar um gole de café, sentindo-me um pouco mais protegido no interior do movimento. Como se fosse um disfarce. Mas o que será mesmo que ela está dizendo com este ar severo? O suor, preciso limpar, mas não ouço o que ela diz! Ela continua espremendo os olhos enquanto move os lábios. O peito sobe e desce porque ela precisa de ar mais do que os próprios pulmões, que se abrem e fecham em arquejo. O vinco da testa também. O vinco na testa suada.

E ele nos encarava poderoso, com a mão estendida espalmada. E não era dinheiro que ele queria. O mau cheiro nos mantinha a distância, aquela barba suja e as vestes cobertas pelo verniz dos anos. Eu não conseguia entender suas palavras porque a barba lhe escondia os lábios presumidos. O Durval, que nunca perdia oportunidade para provar alguma coisa, como era de seu feitio, foi quem primeiro entendeu, mas de seu modo oblíquo, o pedido da mão estendida espalmada. Depois de levar o cigarro à boca, o mendigo pediu fogo. Estamos fazendo o quê, os dois, aqui nesta cozinha?

Então era isso, o convite para o café escondia uma intenção! A Laura para de falar, mas continua me encarando com cara de esperar resposta. Recolho a custo algumas palavras que ainda restam no ar e ergo os ombros. O que entendo do que ela acabou de dizer é que já tem uma noção bem aproximada da situação. Deve ter dito também qualquer coisa como futuro e partilha. Digo a ela depois de algum tempo que no momento só quero ser seu irmão.

A Laura me olha agora mais severa ainda e repete que não tem muito tempo para ficar aqui. Tem o marido e a filha esperando por ela, os clientes aguardando resultados, uma agenda em que se acumulam horários, os horários de sua vida – os compromissos. Finalmente, que seria muito bom resolver tudo sem muita complicação. As palavras boiam-me na superfície e eu sinto uma espécie de tontura, um desejo de acordar logo, uma coisa que me impede de participar da cena. Meus impedimentos. Meu pai ficava aborrecido. A Laura era quem vinha me falar. Aborrecido com aquilo de minha mãe me levar comida na cama. Minha irmã então ficava muito espantada, ela que decifrava a alma e a calma de nosso pai. E espantada me perguntava, Mas você não percebe, Adriano, o tanto que ele fica aborrecido, não percebe? Naquelas horas, bem no momento, quase sempre eu sentia vergonha e, por isso, me dizia com propósito firme que não aceitaria mais os cuidados de minha mãe enquanto estivesse no bem-bom da cama. A Laura ficava um tempo com os olhos fixos em mim, até que eu me sentisse tonto ou resmungasse que não, que eu não percebia. Mal nos separávamos, eu esquecia o propósito firme. Era com seus olhos escuros e grandes que minha irmã muitas vezes me acusava. Outras vezes era com palavras pontiagudas. Então ela terminou a faculdade e casou.

Acabo dizendo que ela faça o que quiser. O que eu quiser não, ela retruca em renúncia, mas irritada, o que eu quiser não. Seus lábios lívidos e secos tremem e o suor encharca sua testa. Temos direitos iguais. Você também tem de assinar. Ela fala em assinar, eu, que pouco assinei em toda a minha vida, sinto o gosto amargo na boca, o gosto estranho. O que andará tramando esta irmã, a única família que tenho, a razão que me resta para continuar vivo? Então quer dizer que também tenho de assinar!

Aos poucos escorregamos ladeira abaixo e sabemos que escorregamos porque sentimos o corpo em movimento, mas, como nos sonhos, não temos como evitá-lo.

A Laura se levanta e vai esquentar novamente o café, porque imagina ser preciso me dar um tempo para entender o que acontece. Ela vai usando cada vez mais suas distâncias, todas as prerrogativas de uma família formada que não é a nossa, que é a família dela e do Rodrigo. E eu só posso ficar olhando por cima da cerca. Não quero ficar olhando os quadris cheios de minha irmã, suas curvas bem marcadas pela roupa. Há um gosto ruim para ser experimentado, um sabor amargo de rícino que me enche a boca e invade o corpo todo. Me parece que ela sabe disso e o café deve ser o pretexto para não contemplar meu semblante sob tortura. Aproveito sua ida ao fogão para tomar um copo de água.

Com seu passo de dança ela volta à mesa, minha irmã, que usa os movimentos todos com objetivo prático, sempre, mas também com muita graça, e eu procuro fingir que não estou tremendo e nisso despendo algum esforço, não tanto, contudo, que com ele me traia. Abraçadas, e em completo desamparo, minhas mãos se lambuzam no suor de seus medos. Também tenho de assinar. Ah, minha irmã, minha irmã, o que se trama no silêncio de um cérebro eficiente?

Então o Durval aproveitou a deixa e me puxou para um banco debaixo de uma seringueira a cinco metros da calçada. Entendeu?, ele me perguntava com insistência. Muito enfático, o Durval, e isso desde criança. Entendeu? Fiquei assustado por me parecer que o mundo girava sem que eu percebesse. É uma sensação de nuvem nos olhos, um medo de pesadelo. A Laura, mas então a Laura, ela que é tão minha irmã. E o cachorro, com seu pelo baio quase loiro, dava dentadas no ar querendo morder as gotas do oceano. Também tenho de assinar.

Minha irmã, começo a dizer, minha irmã querida, desde sempre você sabe em que penumbra mantenho o pensamento. Quando ouço o chamado do mundo pragmático, este mundo em que vocês se encaixam sem falta ou sobra, um barulho de vidraça que se quebra é só o que ouço. Ah, minha querida, me dispense desta carga porque ela é maior do que eu.

Poucas vezes vi a Laura hesitante. Ela não me encara, por alguns segundos, e fica com os olhos pulando como à procura do sentido da vida nos pequenos objetos da cozinha. Suponho que esteja condoída, prestes a pensar meus ferimentos. E eu, que me ofereço indefeso à sua proteção, tenho o súbito desejo de não causar pesar algum a minha irmã. Tenho a impressão de que ela adivinha meus pensamentos. Não sei por onde eles podem vazar, mas escondo os olhos por precaução, talvez por tolice minha.

Quando a procuro novamente (o silêncio incômodo me constrange), ela me fita como outrora, com doçura nos olhos e um ricto quase imperceptível em que sempre adivinhei seu pedido de desculpas por ter preferido viver como os demais. Ela quereria ficar ao meu lado, acho que sim, mas não consegue entender as opções que fiz. Então seus dedos finos, um pouco pálidos e frios, deslizam uma carícia leve nas costas de minha mão direita. Eu, por mim, gravo esta cena e seu prazer entre as melhores lembranças que já guardei e prolongaria indefinidamente o contato que se estabeleceu finalmente entre nós dois, este contato físico com que ela mede a superfície da minha mão. Se dependesse apenas de minha vontade.

Sem preparação alguma, a Laura, presa ainda no sorriso esboçado pelos lábios, me pergunta se tenho esperança de ser feliz. Algumas perguntas, por ingênuas, me embaraçam bastante, pois não consigo descansar o pensamento em sombra espessa, por isso demoro para responder. Como dizer a ela que a esperança, de que ela fala, conta com a existência do futuro, e só me transcorro no tempo quando ela está aqui comigo? Não sei como dizer isso, pois a resposta não depende de mim. Respondo finalmente que não sei o que é felicidade em geral, muito menos posso imaginar o que seja essa felicidade concreta, como sentimento de um indivíduo. Sou suspeito ao falar de mim mesmo, acrescento depois de algum tempo, porque posso me inventar no exato momento em que me digo, mas nunca vou saber quanto do que falo devo à invenção.

Minha irmã recolhe a mão que me acariciava e assume seu rosto de enfrentar as questões sérias para me perguntar, Pois é, então, e o que é que você pretende fazer daqui pra frente?

A simples menção de um futuro, tornando palpável este túnel escuro, me embrutece o rosto, me aperta o peito e a garganta. Começo a me lembrar da tragédia que vivemos há poucos dias, e não sei se é saudade deles, se é pena de mim mesmo, não sei se é a náusea que sinto por causa do sentimento da inutilidade de tudo que nunca me abandona, mas não consigo mais segurar as lágrimas, umas lágrimas grossas e quentes que vertem em profusão como se eu ainda as tivesse guardadas dentro de mim. Meu rosto deve estar deformado, assim como posso imaginar meu rosto. Uso as mãos para esconder isso que é uma fraqueza.

A Laura enche a boca de palavras que vai lançando no ar parado da cozinha e repete os movimentos do rosto sem que eu entenda nada, impermeabilizado, talvez, por recusar a ela espaço em minha tristeza. Mas ela insiste e me acorda do fundo de uma tristeza, dizendo que também sente, quem sabe até mais do que eu, o efeito do que... do que... ela não sabe usar palavras macias e reluta, disso que aconteceu com nossa família. Termina de dizer com alguma pressa, o assunto que aviva a ferida, dizendo com atropelo.

Assoo o nariz sem nenhuma discrição, ruidoso, e me esvazio sereno, uma calma leve me enche o peito. Consigo um olhar mais forte do que o dela porque lhe devolvo a pergunta, E você, o que você alcançou pode ser chamado de felicidade? A Laura, eu sei, não costuma confessar fraqueza ou fracasso, pois desde criança veio preparando-se para a vitória. Era o que todos esperavam dela. Apesar disso, no convívio mais íntimo aprendi que minha irmã reconhece suas derrotas. Reconhece o que se recusa a revelar com claridade a ninguém. Ela fica vermelha e ergue o queixo:

— Mas claro que sou feliz. Tenho minha família, que eu amo, trabalho no que gosto, que mais eu quereria da vida?

Ela não tem muita habilidade para a mentira, apesar de muitas vezes ter de proteger algum cliente sem muita preocupação com a verdade.

— Ter uma família e trabalhar, eis, em síntese, a felicidade!

Desde adolescentes discutimos as mesmas coisas, inutilmente, pois não progredimos muito nem transformamos nossas opiniões. Ela sabe que ironizei e se irrita, mas se irrita, também, porque conheço muitos de seus sonhos e quão distantes vão ficando, alguns já sumidos no horizonte.

— Não, a felicidade é passar a vida com esses fones nos ouvidos, gastando a mesada da mamãe para comprar CDs, deitado o dia inteiro enquanto os outros esfolam a pele pra manter uma situação razoável. Consegui uma síntese brilhante da felicidade, não consegui?

Seu ar de triunfo me incomoda e tenho mais vontade ainda de agredir minha irmã.

— Você conseguiu apenas me ofender, Laura. Mais uma vez. Seu erro é me julgar com seus valores. Nossa diferença, minha irmã, nossa diferença não é ser ou não feliz. Nossa diferença está em que somos ambos infelizes, mas só eu sei disso. Ou, pelo menos, sou o único a admiti-lo. Você, minha cara, talvez também saiba, mas tenta o tempo todo escamotear a verdade por puro medo dela. Você usa uma agenda para aplacar a angústia. E está convencida de que novamente se saiu vitoriosa. Ninguém vence, Laura, ninguém atinge a eternidade, o Olimpo não existe mais, entendeu? Vocês correm atrás da pedra pra chegar antes dela ao sopé e sentem prazer em fazê-la rolar morro acima. E chamam isso de felicidade.

A Laura faz um gesto com a mão impaciente, ordenando-me que pare. Minha respiração está pesada, meu sangue desconhece os caminhos. Paro para não me afogar com minhas palavras. E espero, pois sei que ela vai continuar. Ela sempre continua. Seus dedos finos se encolhem como se fossem ficar tímidos.

— E você faz o quê? Fica sentado aqui embaixo apreciando o espetáculo dos outros rolando a pedra?

— Não, minha cara irmã, não me dá prazer nenhum o espetáculo. Eu saltei fora enquanto era tempo, e é a música que me salva do tédio absoluto. Me recusei a entrar no jogo com que vocês se distraem.

— Mas você não acha que é muito pouco isso de só ter a música como ligação com a vida?

Entendo a cilada da Laura e aceito ficar preso nela.

— É muito pouca coisa, irmãzinha, muito pouca. Além da música e da minha família quase nada mais restava. Mas isso também já é outro assunto.

Minha irmã olha de frente o relógio na parede e começa a mostrar-se impaciente. Acaba me interrompendo para dizer que depois continuamos o assunto porque tem de tomar algumas providências no centro antes que a Fabiana chegue. Me dá um beijo na testa e diz que não a espere para o almoço.

12

O metal ríspido destes acordes me invade o corpo e me atordoa. Sinto-me antes da minha existência, matéria dispersa em busca da unidade cuja potência pulsa, pulsa como vida em promessa. Deitado nesta música e abraçado a meus joelhos, protegido, o tempo não me transcorre, porque, isento de duração, consigo não pensar. Aqui no sofá, no mesmo sofá, tento atingir meu não ser, que é meu ser em mim, aninhado vegetal, em rejeição passiva do que o mundo de fora me oferece: suas ilusões.

Não consigo evitar esta forma difusa de pensamento que me traz as tardes em que ela tocava para mim. Só para mim, aqui mesmo protegido. Eu mantinha os olhos fechados para não ter de repartir o som com nada desta sala, que se deixava lentamente invadir pelas sombras vindas de fora através das janelas da tarde. A música só tinha existência em mim, vibrando o sangue que me corria tumultuado pelo corpo, anulando qualquer sentido que tentasse me distrair. Às vezes, depois de uma longa escuta, eu abria os olhos, frestas mínimas, e via minha mãe de costas, mas era uma sensação holística que me atingia. Eu a via completa, transvista. A palidez de seu rosto era a mesma de suas mãos delgadas, e em ambas a vida não borbotava exuberante, mas firmava-se cálida e calma, quase transparente. É a mesma palidez que descubro diariamente no espelho. Ao começarem a dedilhar as teclas do piano, seus dedos pareciam roubar o que lhe restava de cor no rosto.

Este aparelho de som comprei mais tarde, com alguns meses sem mexer na mesada clandestina que minha mãe me passava por baixo da mesa. Porque ela me entendia. A Laura abandonou a mesa sem terminar seu almoço, e meu pai estava com pressa, que à noite, sim, à noite a gente conversava. Minha mãe foi aparecendo por trás de uma duna muito alta. Subindo como se nascesse do oceano. Seu cabelo ao vento oscilando, e seu passo de pés na areia, fundo e lento, mas leve e macio, era o conforto que me faltava. Meus olhos acompanharam sua descida dos cômoros que nos separavam. Os cômoros que nos separavam. Aqueles cômoros. Então ela se aproximou por trás e me envolveu com uma blusa quente. Seus braços desceram de meus ombros e suas mãos me protegeram o peito, apertando. O primeiro CD que ela me deu foi o *Bolero*, de Ravel, porque eu sempre pedia a ela que tocasse o arranjo para piano, de que nós dois gostávamos. Aquele motivo repetido obsessivamente, a frase que permanecia quando parecia ter sumido, o modo como aos poucos tudo crescia, tomava conta de meus sentidos até a apoteose final. Tudo isso era o modo como eu saía do tempo, me ausentava do mundo para ter existência apenas na música.

O nada me começa pelos pés, depois vem subindo. Já não sinto as pernas, o ventre e o peito perdem sua matéria. Sou caixa de ressonância e meu corpo é apenas uma nuvem pesada e grossa, uma nuvem compacta tentando afundar no sofá. Minhas mãos cresceram na ponta de meus braços. Esta batida de caixa, que serve de base para a clarineta, ocupou o bojo de minhas mãos enquanto elas incharam, porque agora se desmancharam como o restante do corpo. Nada de mim resta que não seja a audição. Ela gritava meu nome e seu grito era música, nem assim eu conseguia qualquer movimento além dos olhos, que descobriram, no alto de uma duna, o vulto de minha mãe descendo na minha direção. De longe percebi o sorriso que ela trazia exposto.

É como se fosse um sono, que vem solerte me atacando. Me desconcentro da música? Mas não é como se fosse, porque é mesmo o sono. Um sono por dentro de minhas pálpebras, seu peso. Estive flutuando na melodia, mas a melodia estava parada em bloco de sons simultâneos: harmônicos. Só agora me dou conta de que a música acabou sem mim.

13

No silêncio desta sala me dou conta de que respiro porque ouço minha respiração. O aparelho de som está ali pronto na espera, todo armado e com algumas luzes acesas. Acho que ele não dorme, quieto e concentrado, que não dorme, a consciência no mergulho em si mesma. A impressão que tenho é de que ele arqueja, durante a pausa, em silêncio de sua preparação: o som em potência. Deve fazer bastante tempo que se mantém em silêncio. Eu mesmo, deitado no meu sofá, o queixo e os joelhos grudados no peito, existo apenas no ar que me invade e volta, invade e volta, sem que me dê conta: o ar seco da sala.

Eu, por exemplo, que me contento com o pouco que meu corpo exige, não faço outra coisa senão ouvir minha respiração enquanto divago, por isso meus pensamentos têm esta forma de ondas, são oscilantes. Gostaria muito de quedar de cérebro completamente mudo, restrito ao comando dos movimentos voluntários, mas, desde muito já sei: isso é impossível. Sem querer, descubro que minhas mãos parece que inflaram cheias de vento e agora estão dormentes, talvez flutuassem não estivessem presas a meu corpo.

Fiz bem, ao cerrar todas as cortinas antes de deitar. A penumbra em que jazemos é doce e leve; os objetos e os móveis da sala parecem pairar acima do peso das coisas que só têm existência com os pés plantados no chão. A luz, quando intensa, ela é que torna tudo sólido e pesado. E a mulher, a mulher dizia chorando, Minha pobre menina, minha pobre menina e se inclinava ainda mais, dando-me a impressão de que beijava o rosto de sua pobre menina. Acho que foi a primeira vez que fiquei triste em toda minha vida.

O estalido seco na porta do vestíbulo de entrada me anuncia a chegada da Laura com seus movimentos. Eu ia ficar dois dias sozinho em casa, por isso criei coragem e convidei a Marcela para me fazer companhia. Mesmo sem experiência nenhuma, a Marcela já conhecia os vários significados de dormir. Se aceitou o convite, aceitou suas implicações. E quando voltei com a camisinha, ela ficou furiosa. Que se eu estava com medo de que ela estivesse infectada. Ficou muito espantada ao ouvir de mim que não me passava pela cabeça a ideia de ser pai. Mas e por quê? Era o seu espanto, aquela pergunta violenta. Porque não era propriamente uma pergunta, em vez disso era mais uma forma de acusação. Mas e por quê?, ela me cravava as palavras no peito, como se a espada fosse voltar ensanguentada.

Uma tarde cheia de céu quando entramos pela porta da frente, um casal procurando sua lua de mel, e assumimos o inteiro comando da casa, desde a sala até a cozinha. Mesmo assim, aqui dentro de donos, fiz questão de fechar a porta quando entramos no quarto. Era uma sensação muito forte de que estávamos sendo observados. Por quem, não sei dizer, já que nunca acreditei nos seres invisíveis, a não ser como seres imaginários. Havia paredes, em nossa volta, e móveis, e outros objetos, além do ar que respirávamos, e cantos cheios, cantos vazios, havia tudo aquilo que me viu criança e não parecia direito que me visse cumprindo papel masculino de homem.

Quando tento pensar na minha infância de irmão mais velho, só me encontro em mim mesmo, como se nada se tivesse passado. Talvez um pouco de névoa: passagens mais claras alternadas com outras mais obscuras. Mas sem ordem alguma, porque a vida não se faz por sucessão – segundo sinto e penso – e sim num mosaico em que o tempo não conta. Mesmo da adolescência costumo sair com certa dor nas costas e o hábito de piscar duas, três vezes o olho direito antes de piscar uma só o esquerdo. Além disso, reconheço todas as emoções e sensações para as quais encontrei o nome. Frustração, foi isso que senti ao ser repelido pela Marcela por tentar fazer-lhe uma carícia. A pergunta dela, com a brutalidade de sua voz desafinada, estava ainda sem resposta. Levei a mão para afagar-lhe o rosto, mas ela se afastou com violência, um olhar de desprezo reto no meu rosto. A Laura correu até o portão, onde ficou esperando o sorvete que eu lhe traria. Ergui o braço, num jogo mais do que corriqueiro. Não imaginava o tamanho de sua pressa. Por isso não entendi de imediato o pontapé que me acertou a canela. Ela era minha protegida, uma irmã mais nova, com quem era prazeroso brincar.

Demorei muito, na infância, a descobrir certas coisas. Durante mais de uma semana, na hora de dormir, esperneava antes de ser deitado em minha própria cama. Por que não podia continuar dormindo protegido entre os dois como tinha acontecido numa madrugada daquelas? Aos poucos me conformei com minha solidão, pois não tinha escolha, mas em minha boca sentia o gosto amargo do ressaibo contra os adultos que só desapareceu quando me dei conta de que a Laura existia. Ela também dormia sozinha. Ao deixar de ser um embrulho pequeno, ela ganhou uma cama no meu quarto. Então descobri que a Laura era a outra metade do meu par. E com essa simetria desisti de alimentar aquele rancor pelos adultos.

Dois movimentos rápidos e jogo as pernas pra fora do sofá, sentado quieto como se tivesse estado cometendo algum ato condenável, aqui deitado. O assunto estava pesado quando ela disse que precisava ir ao centro. Não sei que horas são, mas a minha irmã está de volta e é provável que ela queira continuar a discussão. Saindo, ela prometeu que depois a gente continuava. Não sei se quero voltar àqueles assuntos. Eles são perigosos, cheios de armadilhas. E a Laura sempre foi muito hábil nas armações em que me enredava.

O vulto esguio de minha irmã invade indecisa a penumbra da sala e para olhando para os lados. Não me vê nem me procura, enquanto hesita um instante. Apenas adivinho as linhas de seu contorno, mas parada ali, antes da mesa de jacarandá, consigo prever qual será seu próximo ato.

Então, com as vistas mais acostumadas à sombra que nos protege, toma uma decisão e vai até as cortinas, como eu imaginava, e as abre com o ruído dos rodízios no trilho de alumínio. Destrava o trinco e empurra as duas folhas da janela, que batem na parede por fora. A Laura precisa de bastante ar porque é ativa e queima muita energia. A vida toda ouvi dela que precisava de muito ar. Olha por alguns segundos para fora sem se reclinar no peitoril. Talvez não veja nada com seu olhar apenas perdido, não sei, quem sabe perceba o estado de abandono do jardim: a única paisagem à disposição daquele lado.

E agora que fomos denunciados pela claridade, posso ver seu rosto antes que ela me note aqui no sofá. Está inteiramente tomado por alguma ideia madura. O semblante da Laura é de quem acaba de decidir negócios importantes. Ela deve estar sentindo o gosto de mais uma vitória. Nosso pai simplificava a humanidade, dividindo-a entre vencidos e vencedores. Acho que tomava sua própria família como resumo da humanidade. Minha irmã vira-se para dentro e algum tempo não sai do lugar. Não se pode dizer que seja alegria o que seu rosto exprime: os lábios polpudos levemente afastados um do outro, como se tivesse parado a tempo, antes de dizer alguma coisa, os olhos bem abertos e brilhantes focalizando com exatidão qualquer ponto para onde convergem, a testa lisa, aberta. É um quase sorriso que eu já conheço de nosso longo convívio, mas que havia esquecido, tantos anos de separação.

Muitas vezes não me ocorrem as palavras exatas com que devo expressar algum estado. Minha irmã está parada entre o piano fechado e a grande mesa redonda e escura. Ela está ocupada em alguma busca, porque seu peito sobe e desce acelerado, enquanto examina a tela maior, de motivo marinho, e as duas tapeçarias que lhe servem de guarda. Durante o tempo em que a vejo examinando o recinto sem conseguir, provavelmente, preencher as lacunas, os espaços vazios, sinto-me ansioso?, não, não é exatamente ansioso. Talvez aflito, ou com medo de que ela esteja tramando alguma de suas ciladas.

Nossa casa sempre foi um conjunto de detalhes: o portão da garagem e ao lado o portão social, depois o jardim, com suas aleias e os canteiros bem cuidados; o vestíbulo, a sala de visitas, a sala de televisão, e o corredor, com suas portas de um lado e outro, como um hotel. No fim do corredor, à esquerda fica a porta da cozinha. E os detalhes móveis: as mesas cercadas por suas cadeiras, sofás e poltronas organizados para criar a ilusão de um ambiente isolado, os vasos e os ornamentos da parede. No meu canto, quase escondido por causa do L que se forma perto da entrada dos corredores, está minha aparelhagem de som. Não costumava ter uma ideia de unidade a respeito de nossa casa. Quem a definiu e sintetizou, para mim, foi a Marcela, antes da irritação. Era a primeira vez que entrava aqui e depois de ter percorrido os cômodos quase todos, virou-se pra mim e disse que a casa de vocês não é muito rica, mas nela se respira um ar límpido de bastante bom gosto. Então era essa uma das qualidades de nossa mãe: uma mulher de bastante bom gosto. A Marcela passou pela sala observando detalhe por detalhe, espiou os quartos, pediu para usar o banheiro e acabamos na cozinha, onde ela nos preparou um café, claro, com minha assistência. A casa de vocês não é muito rica, ela disse, mas sua mãe deve ser uma mulher de muito bom gosto. Fiquei tão orgulhoso com o que ouvi que não sabia o que responder, então fiz uma cara de sorriso baboso, meio idiota. E foi desde então que nossa casa passou a ser uma unidade em torno do bom gosto de minha mãe. A casa era seu reino, era uma parte dela. Exceto o gabinete do marido, um enclave estranho e incômodo.

Finalmente sou descoberto pelos olhos surpresos da Laura, que há muito me confunde com móveis e ornamentos. Ah, você estava aqui!, e não é uma surpresa fingida, a dela, porque sei ler seu rosto. Seu modo de piscar rápido, como foi, batendo as pestanas, tem um quê de nervosismo e descontrole, que ela não evita nem simula.

14

Não quis viajar. É provável que o plano já me tivesse passado pela mente. Se passou, contudo, foi de uma forma nebulosa, como quase tudo que me ocupa o pensamento, sem muita clareza de que a falta de vontade de enfrentar algumas horas em um avião tivesse um motivo oculto. Agora me parece que os dois fatos apenas convergiram. Não me apetecia aquela viagem, que me parecia estúpida, e a novidade de ficar por dois dias sozinho em casa era a oportunidade que não poderia ser perdida.

Foi na saída do cinema. Estávamos emocionados por causa do filme. A Marcela ainda tinha trilhos de lágrimas no rosto, os olhos úmidos. Andamos um quarteirão sem falar até que ela me segurou na frente de uma vitrine, espiando. Foi quando aproveitei e apertei-a contra mim. Ela respondeu com os braços enrolados na minha cintura. Nossa respiração estava acelerada e eu cochichei no ouvido dela que minha família sairia de viagem na manhã seguinte. Só vão voltar na segunda-feira, acrescentei. A Marcela me olhava com olhos grandes, atentos. Mas não dizia nada.

Eu vou ficar sozinho, eu disse em cima de seu rosto. Minha voz estava hesitante, a língua um pouco inchada. Uma mulher parou na frente da vitrine e quase nos empurrou para o lado. Ficamos de olhos fechados, os corações batendo juntos, o modo como anulamos tudo que não fôssemos os dois e nosso desejo. Quando ouvi os passos da mulher, que se afastava, coloquei um beijo dentro do ouvido da Marcela e disse baixinho, Você não quer dormir comigo lá em casa amanhã?

A voz da Marcela ficou pastosa e seu olhar amoleceu. Quando ela disse que sim, que queria, seus lábios cresceram, túmidos, e percebi que seu corpo quente não estava mais ali: ela já se preparava para o dia seguinte.

Na manhã do dia seguinte, durante o café, minha mãe teve de me sacudir para que lhe prestasse atenção. Eu estava uma estátua, que vista de fora parece não ter vida. E me sacudindo pelos ombros perguntou se eu já estava arrependido de ficar em casa. Arranquei um sorriso de meu rosto nervoso e pálido e jurei que não, que não estava arrependido. Ela precisava dar suas instruções sobre comida e os cuidados com a casa enquanto minha ansiedade ficava inventando cenas de sexo para aquela mesma tarde. Mas era muito difícil inventar o desconhecido, por isso me sentia ansioso. E com medo.

A manhã imensa, que eu tinha de gastar de qualquer maneira, começou logo depois do café, quando minha mãe me abraçou em despedida, ela com suas mil recomendações, e, sorrindo um sorriso matutino e fresco de felicidade, a Laura e meu pai me acenaram dizendo tchau antes de entrar no carro. Minha mãe voltou e me beijou a testa, dizendo que não se conformava em me deixar sozinho. Cheguei a ter medo de que ela resolvesse ficar comigo. Mas não, depois do último beijo ela se sentou ao lado de meu pai, que já reclamava, dizendo que acabariam perdendo o avião.

Sozinho, no súbito silêncio da casa, fui até o gabinete dele e acendi um de seus cachimbos. Descobri que o aroma é menos intenso para quem tem a fumaça na boca. Mesmo assim, a brincadeira não me agradou. Jamais um vício destes me pega, foi o que pensei pulando fora do trono imperial e do gabinete. Atravessei a sala de mãos nos bolsos, uma ação inusitada, mas tudo naquele sábado deveria ser inauguração. Entrei a passo lento pelo corredor pensando no tamanho da manhã. A casa estava absurdamente dilatada, e essa sensação, apesar de muito real, me pareceu idiota. Cheguei a entrar na cozinha com dois passos indecisos e parei. Recém tinha estado ali tomando café com os viajantes. Só na volta, ao desembocar na sala, quase arrastando os pés e a ponta dos olhos, foi que vi o piano e me lembrei de ouvir alguns CDs.

Quase enrolado em mim, deitado no sofá do meu canto, me esforçava procurando segurar-me dentro da música. Um segundo ou dois. Mais do que isso eu não conseguia. Um segundo ou dois. Me atormentava a ideia de que na hora eu poderia falhar. No dia anterior, na frente da vitrine, e enquanto beijava a Marcela, sua aquiescência em dormir aqui em casa, comigo, me excitava de tal forma que ela bem sentiu meu volume apontado em sua direção. Mas isso podia significar alguma coisa? Eu achava que não era garantia de nada. Era preciso pensar em outras coisas, espantar o medo do fracasso, fazer o que meus amigos recomendavam: agir com naturalidade.

Aproveitei a necessidade de me distrair com pensamentos menos sombrios para sentir um pouco de saudade da minha família. Era minha primeira experiência totalmente masculina, senhor de uma casa montada inteira, sozinho de dono, com tudo à minha disposição. As linhas que me ligavam aos deveres familiares estavam enfraquecidas, e isso, por momentos, me causou um enorme bem-estar. Eram os últimos acordes do *Bolero*, e me encolhi ainda mais, como um ovo, encolhido como dentro de um ovo que era a música, e por alguns segundos me senti livre, porque não pensei nada, e me deixei apenas sentindo os acordes dissonantes com que a peça terminava. Com o silêncio que se seguiu tive um pensamento inteiro e longo: existem muitas histórias que se ouvem de tentativas frustradas de fazer amor, e o medo de falhar é a principal causa das falhas e eu não sabia definir direito se estava com medo ou apenas ansioso. O fato é que as palmas das minhas mãos começaram a porejar suor, por isso, antes de mexer no aparelho de som para trocar o CD, esfreguei as mãos nas calças.

Quando ouvi as primeiras notas da música seguinte, eu já estava novamente enrodilhado no sofá, com os joelhos e o queixo cravados no peito, que é a posição do conforto, porque me sinto seguro como se tivesse deixado de existir.

*

Saciado de música e sono, desconfiei finalmente de que estava perto da hora de ir esperá-la no ponto do ônibus, na praça da padaria. Por isso me levantei esfregando as mãos no rosto entorpecido. Eram quase duas horas da tarde e isso significava que era preciso me apressar. Mas não podia esperar minha garota com a boca amarga como estava e ainda fui ao banheiro. Depois de um bochecho rápido, me detive fixando o olhar no fundo dos olhos que apareciam no espelho. Uns olhos silenciosos, pensei, um pouco espantados, mas sem marca nenhuma de medo. A hora tinha finalmente chegado e o processo se iniciava, agora não havia mais tempo para temores e desconfianças. Saí quase correndo, mesmo tendo ainda alguns minutos a meu favor, porque me pareceu ter ouvido ronco de motor de um ônibus descendo a avenida, um ônibus que me trazia Marcela.

Cravado na calçada, e debaixo de um sol imenso, o pequeno poste de madeira esperava sozinho pela Marcela. Atravessei a rua na direção da praça e vê-lo ali, teso, apontando para o céu, me despreocupou porque minha garota ainda não tinha chegado, mas me aborreceu saber que teria de esperá-la. Quisera vê-la de pé, virando a cabeça para um lado e outro a me procurar com seus olhos transbordantes de esperança. Não havia ônibus chegando nem ronco de motor para ouvir com alegria. Era um sábado depois das duas, quente, sem ninguém nas ruas com quem me misturar. Fiquei exposto, ao lado do poste do ponto do ônibus. Eu próprio conseguia ver-me ridiculamente parado à espera.

Com meus dois pés cravados na praça, vi uma velhinha que saía do interior sombrio da padaria. Ela parou, protegendo com uma das mãos seus olhos velhos e cansados, e, virada para meu lado, tentava descobrir o que fazia ali teso, ao lado do pequeno poste do ponto, um jovem ainda imberbe. Se vencesse minha timidez, teria gritado que estava à espera da Marcela, porque nós tínhamos combinado ali um encontro, àquela hora. Não gritei, mas tive a nítida sensação de que mais pessoas me observavam curiosas, esperando aflitas por minha resposta. Olhei atentamente toda a volta e não vi ninguém. As ruas e a praça tinham dormido de repente em pleno funcionamento do dia. Um menino saiu de trás de uma árvore, por isso descobri que estavam todos me observando de seus esconderijos, curiosos, querendo saber o que aconteceria em seguida.

A velhinha arrastou seus passos lentos até uma esquina e desapareceu sem me procurar novamente. O menino já se sumira com seu tamanho pequeno para o mais profundo da praça, no meio de algumas árvores. Ele desapareceu por trás de um monumento cercado de roseiras. Fiquei sozinho, suportando sozinho todo aquele sol das duas horas. Mais de duas horas, claro, porque a impressão que então eu tinha era de que já esperava ali plantado bem mais de meia hora. Achei, com meu pensamento perturbado, que estivesse acontecendo alguma coisa inesperada. A hora e o lugar poderiam estar errados? O dia? Impossível, pois tinha ficado tudo muito claro no dia anterior. Os pais da Marcela não lhe autorizaram a excursão com os colegas da escola? Ela teria telefonado, provavelmente. Ou um acidente no caminho. Então gelei e isso me aumentou a transpiração. Minha camisa começava a ficar encharcada. Um acidente no caminho.

A ideia de que poderia ter acontecido um acidente começava a me angustiar, quando vi um ônibus chegando. E era ele.

*

Mesmo antes de entrar na sala, a Marcela já me atacou com furor. Eu queria abrir a porta e ela gemendo seus beijos. Bem preparada, pensei, deve ter passado a noite se preparando. Foi ela quem me derrubou no sofá, onde ficamos nos esfregando, com as mãos procurando a fonte do prazer. Quando senti que não me segurava mais, disse a ela que me esperasse e fui buscar uma camisinha no quarto. Na volta, encontrei outra Marcela. Seu rosto estava com manchas brancas e vermelhas, um sulco repartia em duas sua testa. A Marcela tinha ficado magra, porque suas curvas estavam transformadas em ângulos, e todos muito agudos.

Com os lábios fechados apertando-se um contra o outro, ela me olhou com dureza algum tempo, antes de me perguntar se eu tinha medo de que ela estivesse infectada. Respondi que não, lógico, mas que não estava interessado em ser pai.

A Marcela pulou fora do sofá e com os punhos fechados furando as ilhargas me encarou seca com seu olhar definitivo. Mas e por quê?, ela toda magra, e agora também com a voz mais aguda que possuía, atacou-me como se a ideia de não ser pai fosse uma ideia contra ela. Uma das cortinas sacudiu muito de leve e achei que tinha deixado uma das janelas abertas. Me defendi daquela atitude hostil e desafiadora indo até o lado oposto da sala para fechar uma folha da janela que estava realmente aberta. Mas e por quê?, ela gritou do meio da sala quando me voltei. Por quê?, ora por quê! Porque não me passa pela cabeça botar um filho neste mundo! Foi o que respondi enquanto me encaminhava na direção da Marcela. Ao me aproximar, ela ali parada naquela mesma posição desafiadora, levei a mão para afagar-lhe o rosto, mas ela se afastou com violência, um olhar de desprezo reto nos meus olhos. Pois eu, ela se vingava, pretendo casar e ter uma porção de filhos. Foi a primeira vez que entendi quanto era bronca a mulher que eu tinha escolhido para me inaugurar nos prazeres ditos da reprodução humana.

Sentamos em duas cadeiras com a mesa de jacarandá entre nós. Levei algum tempo explicando meus pontos de vista sobre o mundo em que vivemos e minha inteira convicção de que é impossível imaginar qualquer melhora. Não sei se por causa de minha voz, simplesmente, se por ação de meus argumentos ou por qualquer outro motivo, o fato é que a Marcela foi recobrando sua cor natural, ao mesmo tempo em que a respiração desacelerava. Aos poucos seus olhos recobravam a meiguice que sempre me teve cativo. Continuamos conversando por muito tempo, como se fosse essa a finalidade daquele encontro.

A excitação recolhida, uma camisinha esquecida no bolso, resolvi mostrar o restante da casa para Marcela.

*

Mostrar a casa à Marcela, de repente se transformou em necessidade premente, porque não era mais mostrar apenas uma casa – era a mim que eu mostrava por dentro, o aparente invisível.

Abri a porta do gabinete e deixei que ela enfiasse a cabeça pra dentro, observando. De toda a casa, era a peça com menos marcas minhas, por isso resolvi começar por aí. As lombadas vermelhas na estante, o mapa numa parede, a estampa de um toureiro na outra, e o cheiro que vinha da escrivaninha, em nada disso eu me via. Dali, eu disse apontando a cadeira giratória que meu pai usava como trono imperial. A Marcela esticou o beiço e fez menção de entrar. Aqui não se entra, acrescentei, a não ser que se seja convidado. Antes mesmo que entendesse qualquer coisa, minha garota retrocedeu para a posição de quem espia da porta. Perguntei-lhe se sentia o cheiro do cachimbo e ela sacudiu a cabeça, que sim, ela sentia. E o cheiro dele, insisti, o cheiro de seu suor, não te parece repugnante? Mas a Marcela já abandonara a porta, desinteressada daqueles cheiros que, por discretos, ela não conseguia perceber.

Voltamos à sala que ela via agora pela primeira vez. Mudou seu corpo várias vezes de posição, encarando muito séria os móveis, as telas e os arranjos da parede. Sem dizer nada, abaixou-se e apalpou um dos tapetes, que acariciou com as costas da mão. Imaginei na hora que era a mim que ela acariciava e foi o que seus olhos, lá de baixo, de onde ela estava, me disseram arredondando-se. Passamos pelo vaso da arália, o maior, e a Marcela o tocou com os dedos. Lindo, lindo.

Entramos pelo corredor na parte mais íntima da casa. Abri as portas dos quartos e fiquei observando sua reação ante minha muda insinuação. Sem dúvida, sua raiva, sem dúvida tinha passado, porque ela me sorriu com ar malicioso. Ela estava assumindo as formas arredondadas do dia anterior e isso me enchia de esperança.

Quando chegamos à cozinha, ela me sugeriu que a esperasse com aparelhos e ingredientes do café na mão, que agora precisava ir ao banheiro.

Acho que já vi tudo, ela me disse na volta, preparando-se para passar um café para nós dois. A casa de vocês não é muito rica, falou sem se virar, pode não ser tão rica assim, mas dentro dela mora uma fada, porque aqui dentro se respira um ar límpido de bastante bom gosto.

Achei a frase dela ridícula, numa linguagem descabida, mas, por ser da Marcela, não me assustou. Agora eu já sabia que ela era meio tonta, simplória, e que não era surpresa nenhuma soltar uns disparates como aquele "aqui dentro se respira um ar límpido de bastante bom gosto". Aquele "límpido", principalmente, foi de doer.

*

Depois do desastre inicial, fomos ambos esfriados por nossas raivas, e um resto de constrangimento impedia qualquer tentativa de reinício. Pois foi tão inesperadamente simples que mais pareceu uma história inventada em que as partes podem-se ajustar à vontade do narrador, e tudo acaba bem.

Ficamos algum tempo tomando lentos goles de café e pigarreando nossa irresolução. Era visível o esforço que fazíamos para reencontrar o caminho da excitação perdida. Não havia jeito. Ainda estávamos com a pele muito sensível. Mas quando terminamos de sorver com ruído aquele café excessivamente quente, tudo aconteceu. A Marcela levantou-se estabanada, Eu lavo a louça, pode deixar. E carregou xícaras, pires e cafeteira para a pia. Você lavou a louça do almoço?, sua admiração. Bem, lavar não lavei. Almoçou fora? Também não. Expliquei que tinha deitado ouvindo música e da música ao sono perdi a noção das necessidades do corpo. Mas então você não comeu nada?! Disse isso virando-se pra mim, e, ao virar-se, esbarrou numa xícara que despencou até o piso. O barulho do choque, alegre e claro, os estilhaços brancos que se irradiaram no piso marrom, tudo aquilo parecia um prenúncio de festa ou início de comemoração.

Primeiro a Marcela soltou consternada ao longo do corpo uns braços inúteis, que terminavam em duas mãos sem nenhum alento. Os olhos dilataram-se para ver o estrago que ela havia feito, e seus lábios tremeram. Por não saber o que dizer, acompanhei mudo a cena e, como eu não dissesse nada, escorregaram-lhe rosto abaixo as primeiras lágrimas. Ela estava tão envergonhada do estouvamento, que começou a chorar. Naquele momento, ela era uma mulher que precisava de minha proteção.

Levantei-me rápido da cadeira e fui consolar minha amiga. Em pouco tempo misturávamos lágrimas e saliva e o calor da excitação não demorou a voltar.

*

No sofá da sala, novamente, recomeçamos a mútua exploração de nossos corpos, com ávidas mãos e lábios febris. Meus dedos subiam tateando suas coxas macias, quando encontraram entre espessa relva a rosa oferecida e a cálida umidade de seu mel. Meu corpo todo retesou, transformado, e o sangue me percorreu impetuoso até a última veia. Então não resisti mais e arrastei a Marcela para meu quarto.

Só depois de fechar a porta atrás de nós foi que começamos a arrancar a roupa. A Marcela estava um pouco pálida. E trêmula. Eu sentia que o ar todo do quarto não me encheria os pulmões, mas não queria nada aberto, pois não desejava testemunhas de uma ação desconhecida, que poderia ter um desfecho indesejável. Seria isso mesmo? Não sei. Muitas vezes saí nu para o banheiro, enfrentando os habitantes mudos do corredor, pois tinha certeza de que estava sozinho em casa. Era, contudo, uma situação diferente, pois era a nudez ingênua de uma criança. Fui educado para não esquecer que o sexo faz parte de nossas intimidades mais recônditas.

Na minha frente, a pouco mais que um passo, minha mulher, aquela que naquele momento era minha mulher, inteiramente nua. O corpo nu de uma mulher não consegue mais surpreender, pois revistas, televisão, em todo lado se encontram mulheres nuas: coladas no papel ou na tela da televisão. Assim de corpo presente, ao alcance da mão, era a segunda vez que via. Um dia abri a porta do banheiro e deparei com a Laura saindo do chuveiro. Ela pareceu ter-se assustado, pelo modo como me encarou ao me perguntar o que eu fazia ali. Não consegui responder nem voltar e fechar a porta. Por alguns segundos fiquei estatuado, até que articulei quase gemendo que ela tinha deixado a porta aberta. Seu grito me espantou e bati a porta. Não acredito que haja maior perfeição do que o corpo desde então gravado na minha memória. A Marcela, com suas curvas cheias, a leve desproporção das partes de seu corpo – os seios e as coxas um pouco exagerados – a Marcela não tinha um corpo perfeito. Foram detalhes que só mais tarde percebi, porque ela estava próxima, tão próxima que eu podia sentir o calor que seu corpo irradiava. A Marcela me entrava pelos olhos e pelas narinas para percorrer meu corpo nas ondas de sangue que me incendiavam.

Rolamos na cama, como eu tinha visto acontecer em um filme, e nossos beijos, mesmo os mais ardentes, não deixavam de imitar gestos conhecidos do cinema e da televisão. No início isso me incomodou um pouco e cheguei a pensar que em nosso caso o sexo não estava sendo original, se em tudo seguíamos alguns modelos. Comecei a temer pelo meu desempenho, mas foi por pouco tempo. A Marcela me arranhou as costas e me esvaí para dentro dela. Pressenti um desmaio sobre minha namorada, tonto, o coração descontrolado, e fechei os olhos. Por um segundo. Estirados um ao lado do outro, membros lassos, respiração ofegante, permanecemos quietos durante muito tempo. Não sei se ela pensava em alguma coisa. Eu só queria não pensar em nada.

*

Quando me cercaram alguns amigos, o Durval entre eles, para saberem se era verdade, se eu já sabia por experiência o sexo, como é que ele funciona, me senti enjaulado e exposto, sem fresta por onde escapar. Me representa que fiquei vermelho, o rosto quente, e eles riam muito, porque aquilo era uma diversão, uma alegria saber que um amigo não tinha fracassado. Acabei rindo como eles, contando-lhes tudo que já sabiam, mas que não se cansavam de ouvir.

Tive na Marcela, durante algum tempo, a mulher que me confirmava homem, mas sua companhia nem sempre me dava a satisfação do início. Comecei a ver defeitos demais na garota, e os defeitos tornavam-se insuportáveis com a passagem do tempo. Os encontros tornavam-se difíceis, precisávamos ficar inventando lugares onde fazer amor, e aquilo começou a me parecer absurdo. Um dia ela me encontrou irritado e disse que meu beijo estava ficando chocho. Como eu não respondesse nada, ela disse que então ia embora e não voltava mais. Tudo bem, eu respondi. Tudo bem. E nunca mais nos encontramos.

Depois da Marcela me relacionei esporadicamente com algumas outras garotas, mas nada muito duradouro. Nenhuma delas me empolgava, em nenhuma eu encontrava alguma coisa que me arrebatasse, que me fizesse viajar até as últimas estrelas do céu. Quando o físico era razoável, havia lacunas irremediáveis no espírito. E o contrário também acontecia. Algumas eram quase perfeitas, em todos os sentidos, mas queriam casar, ter filhos, e eu já estava então convencido de que aumentar a humanidade era o mesmo que aumentar o número de sofredores.

Fui espaçando minhas atividades sexuais. Sua raridade, ou mesmo sua ausência, não era assunto que me atormentasse, e vivi quase sempre de encontros meramente casuais. Nunca fugi de uma oportunidade, mas também nunca saí à caça desesperado.

15

Ah, você estava aqui! Ultimamente venho estranhando minhas emoções, incerto sobre sua natureza. A presença da Laura aqui na sala, uma sala que é nossa, que tem a marca de nossa família em cada detalhe, sua presença no espaço exíguo onde se desenrolaram os principais lances de nossa história comum, me altera o ritmo do sangue e da respiração, porque, mesmo não acreditando na felicidade, admito a existência de momentos de alegria. Uma alegria efêmera, por certo, mas para a qual não tenho outro nome. Ver a Laura assim tão perto de mim a ponto de ouvir sua voz, respirar o mesmo ar, observar-lhe os menores detalhes do rosto, descobrir-lhe o humor pelo modo como pisca ou respira, isso tudo é motivo de imensa alegria. Como pode a alegria coexistir com a ansiedade e o medo? Depois de nossa conversa de hoje de manhã, não, mas antes mesmo, depois do modo como se despediu na volta do enterro, quando, queixo em riste, disse, Depois eu volto pra gente discutir o que fazer com tudo isto, e isto, que ela apontou, não era uma casa, mas nosso lar, depois disso, sinto um frio sem gosto na boca quando a vejo.

Minha irmã dá dois passos na minha direção, aproximando-se, e para. Ah, você estava aqui!, ela exclama imitando uma admiração, reduzindo-me a uma surpresa. Ela move o corpo elástico por dentro da roupa querendo que eu note sua elegância. Onde está, perto da mesa de jacarandá, ela é eterna porque está sendo a estátua de uma deusa. Eu posso vê-la inteira e ela sabe, mas não se esconde. Sua calça jeans, apertada mas sem exagero na cintura e nos quadris, solta-se de sua pele a partir de meia coxa, alargando-se bem dos joelhos para baixo. A blusa de seda estampada deixa à mostra o colo alvo e regular, terminando em duas tiras que, amarradas na frente, caem em forma de babados. A Laura, que jamais hesita, parece com alguma dificuldade para iniciar qualquer assunto. Parada, ela recebe por trás o fulgor do sol, que arranca faíscas de seu cabelo. Eu sei que não vai demorar o momento em que devemos discutir assuntos graves. Eu sei disso porque o sinto com o corpo, e, mesmo de olhos fechados, estou seguro de que não vai demorar.

O sol que entra pela janela aberta, escorrega do alto e cai brilhando no tapete do centro depois de alumiar uma parte do piano. Eu preciso pensar com esforço para notar a sala, seus claros e escuros. Ela é tão fortemente parte de mim que quase nunca me ponho a observar o que existe nela. Agora sinto-me coagido a observar por causa da presença de minha irmã.

A Laura está parada, ainda, no mesmo lugar, parada me olhando, e tenho medo de que me veja até os interstícios do pensamento. Eu, muitas vezes, também tenho medo de pensar porque me surpreendo com frequência em contradição. Penso que o tempo não existe, o tempo maior, mas sofro os minutos que me imobilizam em espera. Queria muito atingir a placidez de uma cena – minha irmã parada no meio da sala, perto do piano, jorros de sol amarelo em seus cabelos, de onde se desprendem fagulhas. Sem a existência do mundo e suas leis. Sinto-me, entretanto, congelar ao me sentir observado por ela, em cujo olhar adivinho doçura e piedade, pois mesmo sem construir um pensamento lógico, uma narrativa coerente, sei que "discutir o que fazer com tudo isto" vai ser a minha perdição. Acho que odeio a Laura.

Desde muito cedo também sei que não ouso organizar em pensamento tudo quanto sinto. Por isso costumo esconder muita coisa abaixo da claridade. Nos desvãos menos visíveis pairo acima de qualquer dor.

Entre nós dois, há três passos de silêncio a suprimir ou, pelo menos, a preencher, e ambos sabemos disso. Quando minha irmã disse Ah, você estava aqui!, tentando disfarçar seu espanto por não estar diante de um simples enfeite, ela falseou alguma coisa no olhar, no movimento dos lábios, não sei, talvez no erguer das sobrancelhas. Mas o eco de sua voz, que ricocheteia na minha memória, por fim, é o que me parece mais falso. Por isso me encolho e me falta a coragem para qualquer iniciativa. Então ela se aproxima ainda mais com seus passos de veludo e me toca com seus dois olhos castanhos. Vamos, ela diz, vamos até a cozinha. Tomamos um café e conversamos enquanto a Fabiana não chega.

Pouco me importa parecer um autômato. Sigo a Laura, agora, vazio de minhas vontades. Ela escolhe a cozinha, não é tanto pelo café, velho vício, mas pelos movimentos com que a qualquer momento pode encobrir um embaraço. A Marcela também, a Marcela descobriu que eu não tinha almoçado. E acabou quebrando uma xícara. Minha irmã põe a água a ferver, vem até a minha frente e, parada, fingindo-se de muralha, me repreende por não ter almoçado e acaba perguntando o que penso da vida.

O que penso da vida? Ouvi a mesma pergunta formulada pelo Durval, mas não com esta necessidade de resposta, com esta urgência que me enjoa o estômago. Agora, todavia, ela é dirigida a mim, sou eu que estou em causa, por isso fico de olhos quietos, olhando minha mão deitada na tampa da mesa. E a Laura não sai do lugar, à espera, como se eu tivesse alguma coisa a dizer. Mas essa é uma pergunta que não se faz, que não deve ser feita, porque está inteiramente aberta. Qualquer resposta merece acatamento, nenhuma resposta é satisfatória. Penso rápido, isto é, o mais rápido que posso, e o que digo não está preparado em pensamento, pois digo apenas com a boca que se move.

— A vida, minha irmã, a vida é uma merda, que não vale porra nenhuma. Por que você não fez essa pergunta a nossos pais, antes do acidente?

Meus lábios tremem sem controle, e ela percebe que me tocou no lodo que jaz no fundo. Quando finalmente consigo encará-la com olhos acesos, sinto que ela também foi atingida por mim, que nem tive tempo de pensar uma resposta. A Laura parece tentada a devolver meu golpe, mas não resiste à visão de duas lágrimas que me inundam os olhos. Jogo a cabeça sobre os braços estendidos na mesa e, entre soluços, declaro que não aguento mais a saudade de nossos pais.

Faz algum tempo que ouço o borbulhar da água, mas isso não tem a menor importância, pois perdemos a vontade de tomar café. Minha irmã me toma as mãos, muito materna, com sua voz ainda cheia de lágrimas, e me pergunta se nunca vou amadurecer. Não, Laura, prefiro apodrecer sem pressa e à minha maneira.

16

Das árvores do parque, as mais altas e quietas moviam com preguiça as franjas à passagem da branda aragem. Um sol diagonal iluminava sem nenhum entusiasmo o outono do parque, suas árvores matinais, um pouco indiferentes, seu passeio perimetral coberto de areia. Da relva orvalhada, arrancava faíscas fulgurantes imitando fogos de artifício.

Nossos passos macios não tinham pressa porque não havia aonde chegar. Eram tão somente os passos em cujo ritmo trançavam-se nossas conversas. Um hábito. O Durval, nessas caminhadas, falava mais do que eu, sempre disposto a defender alguma coisa até a morte. Até a morte em nome da vida. Algumas vezes, quando se tornava mais enfático, eu jurava para mim mesmo que jamais o procuraria ou me deixaria arrastar para esses passeios a esmo. Tais juramentos me deixavam triste, um pouco deprimido, pois mesmo durante o ato de jurar eu já sabia que não teria forças para dispensar a companhia do Durval. A mesma necessidade que ele tinha de ser ouvido por mim eu tinha de ouvi-lo.

Íamos olhando para o chão onde deixaríamos nossos rastros, o Durval com as mãos às costas, uma presa pela outra, pois estava convencido de que era uma posição quase obrigatória para quem pensa, ou, pelo menos, uma posição em que o pensamento se tornava possível. E ele pensava. Estava acabando de refutar meus argumentos sobre a inexistência do tempo. A duração de um movimento, ele afirmou, e seus olhos brilharam na minha direção. Fiquei sobre meus pés, que sabiam o caminho melhor do que eu, e pensando que mesmo a duração era um dado de minha subjetividade, além disso, continuei pensando, se é movimento, está no espaço. Mas continuei calado porque havia um sol diagonal atravessando algumas nuvens esgarçadas, havia um bando de árvores, das quais as mais altas e quietas moviam com preguiça suas franjas, havia o escasso movimento das ruas por ser domingo e ser ainda cedo de manhã. E eu mergulhava no ambiente, na confortável função de partícula daquele todo. A estátua, erguida no centro de um canteiro de rosas, era a testemunha da vida. Ela é a ligação entre as gerações, acrescentou o Durval, sacudindo meu braço. Ela vem do passado, informa o que existiu e não existe mais. E vai além de nós. Mas ela não muda. Foi assim que refutei, puxando meu braço de volta. Tudo que você chama de tempo está concentrado numa fração do indizível.

O Durval, além das mãos nas costas, tinha uma ruga inteligente na testa, enquanto, a poucos passos de nós, caminhando em sentido contrário, vinha um mendigo, fechando nosso caminho. A primeira impressão que ele me causou foi a de ser um cego. Ele piscava rápido como quem não vê nada. Paramos onde estávamos, olhando, e experimentamos aquele início de terror que se deve sentir em presença de um cego, porque ele vê de um modo diferente, ele vê mais profundo, habituado que está a ver por dentro. E parados ficamos, sem pensar mais em tempo ou em qualquer outra coisa que não fosse no mendigo impedindo nossa passagem. Vinha coberto por uns farrapos malcheirosos e mantinha o rosto escondido numa barba muito velha e manchada, quase imprestável.

*

No momento em que nos apresentou a mão suja e vazia, na extremidade do braço estendido, um sentimento religioso me confundiu. A brisa mansa que sacudira a franja das árvores mais altas e quietas recolheu-se, de súbito, em plena glória do dia. Aquilo que nos obstava a passagem não era um cego, como primeiramente entendi. Ele, o cego, estava provido de uma imagem tão precária, e parecia desfrutar de uma vida a tal ponto escassa de qualquer satisfação que percebi logo não se tratar de um cego. De repente me senti iluminado pela ideia escura de que se tratava de um santo. E meu coração muito confuso bateu mais forte porque nunca admiti santidade alguma.

O modo untuoso como piscava não podia continuar enganando-me. Seus olhos, vistos assim de mais perto, tinham a compreensão exata de tudo que estava na superfície. Em seu brilho marrom boiava o parque todo, com suas plantas e bancos, boiávamos nós dois. E ele não saía de nossa frente nem recolhia o braço andrajoso com que impunha uma vontade cujo entendimento ainda não alcançávamos.

De cego a santo ele passou no momento mesmo em que pisquei uma única vez. Entre santo e mendigo não havia a distância de uma lâmina de papel. Vim caindo atropeladamente do medo ao respeito para chegar por fim às fronteiras do asco. Me senti, naquele momento, com os membros do meu corpo muito grossos e imóveis. Eu fui, por alguns instantes, uma velha figueira plantada no passeio perimetral de um parque. Como as outras, que me serviram de modelo, eu tinha uma casca áspera e cinza, uma casca dura.

Foi por não entender o gesto do mendigo, que lhe oferecemos uma cédula novinha, para que ele desimpedisse nosso caminho e fosse com pressa matar a fome. Mas ele olhou, e disse alguma coisa sacudindo a cabeça. E com a cabeça sacudindo, sacudia também a barba manchada e velha, ameaçando derrubar o chapéu seboso e de abas caídas sobre as têmporas. Eu não conseguia entender suas palavras porque a barba lhe escondia os lábios apenas presumidos. Sua mão estendida, a mão com que nos fez estátuas, não estava pedindo comida, aquilo era um gesto de cobrança, tão peremptório nos pareceu.

*

A descoberta chegou como iluminação repentina, como um murro sem transcorrência: o choque. Na ponta do braço estendido, a mão coberta de chagas e cascas escuras, ou apenas crostas de sujeira, eu não tinha como ter certeza, foi-nos apresentada como se do céu descesse uma ameaça. O Durval retrocedeu um passo, enojado, e sofri a chicotada de censura de seu olhar. Eu entendia o que se passava bem antes de meu amigo, por isso tirei um cigarro do maço que trazia sempre no bolso da camisa e entreguei-o a dedos grossos e gretados, uns dedos já esquecidos de flexões mais sutis.

Entre nós dois, o mendigo e eu, estabeleceu-se um liame tão forte que um risco luminoso, como de fogo, incandesceu o ar. E nós nos conhecemos naquele momento. Então, com o cigarro apertado entre lábios apenas presumidos, o mendigo ofereceu-se ao isqueiro que lhe apresentei com uma pequena chama amarela.

De lado e um pouco afastado, o Durval apreciava a cena com o semblante descaído. Não conseguia entender meu carinho prestativo, que o irritou bastante. Na hora, naquela mesma, pensei: pronto, lá está o Durval contradizendo suas próprias teses com uma atitude estranha. Meu amigo sempre foi um ser transparente, para quem o mistério constituía-se numa coisa abominável.

Depois das duas primeiras baforadas, com a fumaça ainda confundindo-se com a barba, o mendigo roncou algo ininteligível, a que respondi com profundidade respeitosa, como talvez nem a meu avô respondesse. Ele, esse meu amigo, estava perplexo por me ver exultante, e a perplexidade estava gravada em sua fisionomia. Meus passos, na continuação da caminhada, estavam leves e macios, ao passo que o Durval deixava profundas pegadas na areia.

Ele não queria comentar o que vira por causa da irritação, a vontade que sentia de me humilhar, talvez encher minha cara de porradas. Eu sabia que era melhor não comentar o caso, pois sua irritação deformava-lhe o rosto, então me mantive calado, caminhando como se estivesse ali a passeio, apenas porque era domingo, a brisa estava fresca e não havia nada melhor do que caminhar sem ter para onde ir. Vá para o diabo, eu lia em seu rosto. Porra, vá para o diabo! Então você não está vendo o absurdo de seu gesto?

Caminhamos assim, lado a lado, colado cada qual no tipo de silêncio de sua escolha. Ao ver que meu companheiro de caminhadas botava nas costas suas mãos, enfiei as minhas nos bolsos, onde elas ficaram completamente fechadas e indevassáveis. Sem vontade de conversar. O sol, naquele instante, começava a esquentar, e nossos sapatos já não encontravam tão macia de umidade a areia. Propus que nos sentássemos num banco à sombra de uma figueira larga e de raízes monstruosas: suas entranhas impudicamente expostas. Ele aceitou sem se manifestar, deixando que o corpo me acompanhasse. Nossas intimidades, as mais fundas, a nós mesmos muitas vezes não revelamos. Passei a mão na superfície áspera de uma das raízes e sofri o calafrio de quem penetra indevidamente qualquer segredo.

*

O que ele pensa da vida? Meus olhos se distraíam correndo atrás das folhas mortas que a brisa branda e fresca desprendia das franjas das árvores mais altas e quietas, e que revoluteavam, descendo, descendo sem pressa, e tremiam no ar por um instante até a precipitação final e súbita entre os canteiros de flores. Me distraía como quem pensa de graça e sem urgência, perturbado pela pergunta do Durval.

O mendigo ainda arrastava os sapatos desbeiçados e sem cadarços na areia do passeio quando convidei o Durval para sentarmos em um banco à sombra de uma figueira larga e de raízes monstruosas. Ele já ia longe e o ruído dos sapatos arrastando-se na areia não era mais a percepção de meus ouvidos, senão a imagem conservada na memória. Um ruído seco, desagradável, que só acabou com o desaparecimento do vulto além de um grupo de arbustos.

O que ele pensa da vida? Não sabia se estava com a testa enrugada, mas a pergunta boiando na bruma da minha consciência me dava essa sensação. O que ele pensa da vida? Eu esperava uma acusação e, em seu lugar, meu amigo me surpreendeu com essa pergunta. Observei de soslaio a expressão do Durval, onde procurei a intenção da pergunta. Ele estava sério, com as medidas do mundo na mão e o ar de quem queria saber.

Enquanto o mendigo não sumiu com seu ruído por trás de um grupo de arbustos, nos mantivemos calados, aproveitando o silêncio para curtir até o fim as emoções da cena que havia pouco protagonizáramos. Eu estava eufórico, porque o mendigo era meu igual, um irmão. Procurei, contudo, disfarçar minha euforia, que aos poucos começava a esvaziar-se. A irritação do Durval parecia desfazendo-se em racionalização. Agora ele queria entender.

Depois do tempo em que me demorei perseguindo no ar as folhas mortas que a brisa branda desprendia das franjas das árvores mais altas e quietas, e depois de observar de soslaio a expressão do Durval, queixei-me a ele da amplitude de sua pergunta aberta e lhe perguntei se era preciso pensar na vida para viver.

Com essas duas perguntas foi que recomeçamos a conversar como sempre, sem o menor rancor.

Um bando de pardais em revoada invadiu nossos olhos e o gramado que ficava em nosso lado direito. Eles interromperam nossas tentativas de respostas, com pequenos voos, pouco mais do que saltos, para apanhar insetos desprevenidos, que devoravam com bastante pressa. Não ouvíamos o rumor de suas asas, mas estávamos todos tão presos ao mesmo cenário que era como se ouvíssemos. É a natureza, comentou o Durval depois de um tempo. Sua observação, por óbvia, tornava-se incompreensível. Como adivinhar o que estava então pensando? Em seguida, porém, ele mesmo forneceu a pista.

— E o que te parece ele ter preferido um cigarro a um pouco de comida?

Me descobri triste com a pergunta dele. Triste ao ponto de não poder articular uma resposta. E foi só porque ele insistiu com o rosto ameaçador virado para mim, que, com palavras tímidas, quase inaudíveis, expliquei o fundamento de minha opinião, em que as necessidades do ser humano vão além de sua animalidade mais simples, estando o prazer no mesmo plano do alimento e do repouso. Ele sorriu com argumentos engatilhados a respeito do futuro, mas não me alegrou com seu homem-pura-lógica: o ser perfeito.

*

Depois de algum tempo, aproveitamos a passagem barulhenta de um bando de periquitos para continuar caminhando. Deveria estar bem perto da hora do almoço e nos despediríamos na esquina, a cerca de cinquenta metros.

Sentindo-se ameaçado pela próxima separação, o Durval ergueu o dedo indicador da mão direita para sentenciar, muito positivo, que na sociedade do futuro, Adriano, na sociedade do futuro não vão existir pessoas como esse seu mendigo, atribuindo-me uma relação de posse (ou qualquer outra semelhante) sem me consultar. Um homem novo, Adriano, livre de vícios e defeitos, um homem para ser feliz.

Na esquina, antes de atravessar a rua e seguir meu caminho, eu jurei com muita solenidade, no silêncio de meu íntimo, que jamais o procuraria ou me deixaria arrastar para esses passeios a esmo outra vez.

17

Faz algum tempo que ouço o borbulhar irritado da água, e de repente me aparecem os olhos e a boca no rosto quase esquecido da Fabiana, que ela daqui a pouco. Acho que a Laura também, porque se levanta e, fungando, bota mais água na chaleira: nosso café. E a mulher dizia, chorando, Minha pobre menina, minha pobre menina. E seu corpo, inclinado sobre o caixãozinho branco, a toda hora era sacudido por sua tristeza sem-fim.

De costas para mim, enquanto passa o café, minha irmã se volta e encara com olhos surpresos minha resposta que não, que não sinto fome. Igualzinho como sempre, ela diz tentando um sorriso. Ninguém muda, minha irmã, somos diversos dentro de um só. Se o Durval me ouve, torna-se enfático, bota sua ruga inteligente na testa, à mostra, e desenrola uma infinidade de argumentos que, por tédio, não acompanho. Se o Durval. Eu jurava sabendo que era mentira, mas tinha necessidade de tomar uma atitude que me apaziguasse. Então ele se mudou, parece que foi parar no Paraná. Apenas ligou com a voz seca do telefone, sem deixar rastro, sem dar ou receber um abraço de despedida. Ele se mudou como quem vai de fuga. Saudade de nossas conversas.

A Laura traz a garrafa térmica, o açucareiro, duas xícaras e duas colherinhas para a mesa. Ela não precisava usar umas calças tão apertadas já que o marido está a quatrocentos quilômetros daqui. Aquele marido dela. Sua mão treme ao nos servir? Reparo em seus olhos, mais apertados e mais movediços. Ela está angustiada e isso me assusta. Enquanto mexo o café, várias vezes ela retira estouvada a mecha de cabelo que insiste em descer à sua testa.

Finalmente seu peito sobe muito e, depois de três segundos, desce resoluto. Ela já sabe como iniciar o assunto. Quando me olha, firme, sinto piedade em seus olhos, o que me põe trêmulo. Pois é, ela começa. Pois é. Precisamos resolver isso tudo, meu irmão. Me recolho num espaço de silêncio e segurança, observando o movimento rotativo da espuma na superfície do café. Você sabe que nossos direitos são iguais, não é mesmo?, ela recomeça. São os mesmos. Do fundo da caverna onde me sinto acuado, pergunto se não se poderia deixar tais assuntos para outra época. Ela retruca que não vê razão para que se protele a partilha e se ela não vê razão, eu sei, nada poderá demovê-la.

O suor me encharca o couro cabeludo, gruda minha camisa às costas. Ela diz que já passou por uma imobiliária, mas precisa de minha concordância para vender a casa. A Laura retrocede com o corpo, a cabeça erguida de susto, por causa do desespero que lê no meu rosto. Não, minha irmãzinha, não, daqui não posso sair. Não me force a nascer uma segunda vez, que eu não resistiria, Laura.

Não avanço com minhas razões, com medo de que o exagero a indisponha contra mim. Paro onde estou, grudado à mesa, uma névoa me empanando os olhos, a cozinha oscilando, às vésperas do vômito. Minha irmã percebe meu estado, deve perceber, porque também silencia, aparentemente atenta apenas ao café de que se serve novamente. Ela dá tempo para que eu me recupere, eu sei.

As cortinas da cozinha movem-se leves. A tarde está virando. A Laura olha o relógio da parede e deve ter-se lembrado de que não temos muito tempo. Mas me diga uma coisa, ela me diz com voz nervosa mas pausada, e com que dinheiro você vai manter esta casa? Você deve imaginar, pelo menos, que uma casa como esta não se mantém sem um bom dinheiro.

Eu já tinha imaginado que este seria o argumento sem resposta. Sinto que o mundo já vai começar a girar e aperto meu estômago com a mão direita. A campainha toca muito longe, como um sinal que não entendo, um chamado de alguém que não conhecemos. E toca novamente, agora de mais perto, e, antes de me ver perdido, pego as mãos de minha irmã e jogo minha cartada:

– Eu vou trabalhar.

Brado desassombrado, sentindo-me só, o único ser semovente do universo, e meu brado é urro de fera acuada: meu limite.

A campainha está arfante à espera, e Laura levanta-se sem tirar os olhos de mim.

– Pois bem, te dou dois meses de prazo. Nem um dia a mais.

E desaparece no corredor, deixando atrás de si essas palavras mastigadas com trágica lentidão.

18

Um rumor encharcado de vento e chuva sobrenadava em minha consciência pequena e embrutecida de sono. Era um rumor distante como se não tivesse nada a ver comigo, como se fosse apenas a comoção de uma noite cansada de seu silêncio. O rumor, entretanto, aproximava-se de meus ouvidos, cada vez mais perto e mais nítido furioso. Então acordei assustado e tentei acender a luz. Não enxergava nada, submerso no fundo de uma escuridão, por isso comecei a sentir medo. Quase impossível saber para que lado eu tinha a cabeça, e meus pés pareciam fora de mim.

O interruptor a meu lado, o interruptor não iluminou o quarto. Liguei e desliguei, em pânico, porque não conseguia ver nada nem sabia onde estava, o corpo como se fosse um estranho dentro do qual me encontrava perdido. Chovia muito e ventava. Eu ouvia o barulho do vento tentando invadir nossa casa. Eu ouvia sua voz chiada que vinha do lado de fora. Em desespero, então, gritei, e meu grito atravessou as paredes, não respeitou a distância. Meu grito foi mais potente do que as vozes do vento e da chuva porque era um grito de animal desesperado, meu grito gutural e escuro. A noite dissolvera o mundo e a escuridão medonha me assustou tanto que senti bem o que é ser o único semovente no universo.

Eu ainda não sabia o que era a morte, mas já sentia em meu corpo mínimo o terror de sua proximidade. De onde poderia vir esse medo, senão de algum sentimento instintivo de aniquilamento e destruição? E no meu grito, que parecia não se extinguir mais, reproduzindo-se em ondas cujo epicentro estava em mim, no meu peito, esgotei-me de qualquer força, e meu corpo transformou-se em caixa de ressonância, uma caixa oca e vibrátil, onde eu não estava mais.

*

Nem todo escuro é escuridão, aprendi. O escuro está fora de mim: a luz que não há. A escuridão, a escuridão é medonha, ela acontece no meu interior. Mas só aprendi isso bem mais tarde, quando aprendi a pensar nas coisas ausentes. Naquela hora, eu estava encolhido dentro de um útero tenebroso, o interior sem luz de algum ser fechado e informe, que eu pressentia monstruoso e ameaçador.

Ouvi o ruído da porta que se abria e, com um grito ainda mais impaciente do que os anteriores, porque era um grito roxo saindo de minhas entranhas, me preparei para ser salvo.

Minha mãe era a sombra escura que veio arrancar-me da escuridão. Eu vi seu vulto aproximar-se e meu corpo distendeu-se de puro alívio com a doçura de sua voz me dizendo, Não foi nada, filhinho, a mamãe já está aqui. Então fechei os olhos e experimentei morrer um pouco, aquele abandono do corpo, onde já não existia dor, mas tampouco prazer. Ela me tomou nos braços e respirei todo aquele cheiro conhecido, o cheiro que vinha dela e que me acalmava.

Seu instinto iluminava o corredor enquanto ela me carregava no colo para seu quarto. Recolhido do ambiente inóspito por seus braços, devo ter soluçado algumas vezes à espera da calma, que não demorou mais do que a extensão do corredor. Que estava apenas escuro.

*

No escuro as pontas dos dedos é que enxergavam. Meu pai dormia quando chegamos à cama? Fiquei encostado ao calor de suas costas, respirando o suor bem agasalhado de adulto e senti os dedos de minha mãe, muito hábeis, ajeitando-me por cima o cobertor.

Entre os dois, mesmo o barulho contínuo e encharcado que parecia forçar as janelas na tentativa de uma invasão, já não me causava medo. Entre eles, nada poderia me assustar, porque seus corpos grandes e macios, seu calor adulto, eram defesas contra qualquer tipo de ameaça, mesmo a ameaça da escuridão. Eles eram os limites da minha cidadela, o lugar onde me senti rei.

Consegui me virar por baixo do cobertor e enfiei meu rosto no vão que encontrei entre os seios perfumados de minha mãe. Eu respirava, ali, como quem se alimenta: com certa gula.

Dormi o resto daquela noite protegido pelos corpos quentes e mansos que me escondiam da escuridão.

*

O conforto não era ainda uma noção, se o mero desejo, pouco mais do que físico, não se transformara ainda em ideia nítida. Meu vocabulário não cobria, então, território muito extenso, e o que eu não dizia também não sabia. Foi por isso que, ao acordar, na manhã seguinte, senti que nunca mais dormiria em outro lugar. Era o conforto: calor, maciez, segurança.

Agora me parece que foi aquela a única vez que tive dúvidas a respeito do amor de minha mãe por mim. Durante uma semana ou mais esperneei para não entrar na cama que ela me destinava. A insistência de nada adiantou. Por fim, venceu o argumento de que era necessário eu tomar conta de minha irmã, que, sem mim, ficaria sozinha naquele quarto imenso. E escuro, porque ela ainda não tinha aprendido a acender a luz.

19

A campainha continua arfante à espera, e a Laura levanta-se sem tirar os olhos de mim.

– Pois bem, te dou dois meses de prazo. Nem um dia a mais.

E desaparece no corredor, deixando atrás de si essas palavras mastigadas com trágica lentidão.

A penumbra está em mim como uma natureza conhecida, muito familiar. Se agora desse um giro pela casa, encontraria o ar desta mesma cor em todos os cômodos. Mas não saio da cadeira onde deixo estar o corpo suando em desconforto. Não saio, porque quero ver a Fabiana chegar à porta deste que já foi seu território, nossa cozinha, e me cumprimentar mostrando sua dentadura alva.

Desde que a Laura desapareceu no corredor, a penumbra me oprime como se eu estivesse enterrado em meio pastoso, impróprio para a respiração. Eu ouvia os vários timbres de choro que vinham de dentro daquela casa baixa, de portas e janelas baixas e apinhadas de gente. Plantei meus pés no degrau depois de atravessar o portão. Plantei e achava necessário continuar ali fora, sem enfrentar aquela tamanha tristeza. Meu pai foi quem me arrastou. Praticamente me arrastou até a sala onde uma mulher de preto se inclinava sobre um caixãozinho branco e dizia, Minha pobre menina, minha pobre menina. Eu acho que foi a primeira vez que meu coração fugiu de mim.

Nem um dia a mais. Minha irmã mastigou as sílabas de pedra, levantou-se e saiu cuspindo fragmentos ásperos. Nem um dia a mais. Ela nasceu para reger. E rege. Ouvi seus passos duros sumindo atrás dela na direção da porta onde alguém tocava a campainha. Nem um dia. Se desse um giro pela casa, mas prefiro ver a cabeça da Fabiana entrando pela porta da cozinha para me cumprimentar com seus dentes muito humanos. A Fabiana. Nunca mandou em mim nem reclamou de nada que eu fizesse. Eu tenho muito jeito para gostar dela. As duas, afastadas, conversavam debaixo do sol. Se afastaram para conversar sobre seus assuntos? Me senti preso a uma sombra e alguns cumprimentavam com fisionomias de dor. Um homem perguntou sobre o marido, depois beijou a luva, com que a Laura protegia a mão.

Elas chegam conversando alto, como um anúncio, e, antes de aparecer minha irmã, já vejo a cabeça da Fabiana, que me cumprimenta com todos seus dentes brancos, cheios de sorriso. O penteado alto, um penteado de festa, transforma nossa empregada numa visita importante, de imponente aparência. Ela descobre a surpresa de meu olhar e sorri com muito brilho. A Fabiana entra na casa, com sua iluminação, por isso atravessa a cozinha e descerra as cortinas. Eu me levanto como se estivesse contente, mas de um contentamento um pouco arruinado, pois ainda ouço nem um dia a mais, e a frase da Laura se enrola no meu pescoço, que aperta e machuca porque não tive escolha e afirmei que vou trabalhar e não sei, não sei não, não sei de onde arranjo força para o trabalho. Mas preciso. Nos abraçamos com os quatro braços, e a fragrância de rosa que seu corpo exala, apesar de delicada, me tonteia e tenho medo de cair. O abraço se prolonga porque a faço meu apoio e porque sentimos saudade. Além disso, desde cedo me persegue uma ideia sem nitidez a respeito deste encontro das duas. Quero esmagá-la em meu peito para que não se afaste mais. Quando elas saíram na direção do sol, não ouvi o que diziam. Fiquei sabendo, bem depois, que a Laura tinha botado a Fabiana de férias. Sem pedir minha opinião. O corpo compacto, seu corpo de mulher, estremece envolvido por meus braços e sacode-se num suspiro silencioso. Ela sabe alguma coisa que eu não sei? E este suspiro, é pelos patrões, que se foram, ou pelo filho que ficou? Interpreto, mas posso estar interpretando mal porque é só um rascunho de entendimento, que não me clareia. Minhas mãos seguram seus ombros e dou-lhe um beijo na testa. Não sei que espécie de beijo é este, sei apenas que vem de uma região quente do meu corpo e que seu calor é puro desespero.

A Laura não me parece muito disposta a esperar nossas efusões, porque não entra na cozinha e da porta nos observa com um sorriso parado nos lábios e nos olhos. Finalmente nos interrompe e oferece café para a Fabiana, dizendo que estão de papéis invertidos. Elas riem satisfeitas, as duas. A cozinha está clara. A casa toda está. Tenho vontade de continuar de pé, rindo como se fosse uma festa. A penumbra é varrida por uma brisa que acaba de entrar pela janela aberta. Sinto que estou com o peito arejado, e rechaço decidido a ideia sem nitidez para um canto escondido onde nem meus pensamentos conseguem chegar.

Ofereço uma cadeira educada à Fabiana, que agradece com doce fineza, mas não aceita, porque já terminou de tomar o cafezinho, e a Laura está dizendo que não, que elas vão conversar no gabinete. Lá, de onde sempre se regeram nossos destinos, sem mim, que nem ao menos fui convidado a ouvir o que devem dizer: suas tramas.

Os semblantes descaídos, rosto deformado pela seriedade, elas me deixam sozinho, e ouço apenas o ruído seco de seus sapatos no corredor. Uma porta se abre e em seguida se fecha novamente. Longe daqui, longe do mundo que me cerca, coisa de sonho mau. Três xícaras sujas sobre a mesa, a garrafa térmica com o café morno, minhas mãos largadas e inúteis, porque não sei o que fazer com elas. Seus passos, quando é necessário, tornam-se marciais porque ela pisa o chão com os calcanhares duros para demarcar seu império. Ouço o estalido de uma fechadura que se abre e a pancada de uma porta contra o batente. Tenho certeza de que de toda a trama das duas uma boa parte me diz respeito. A Laura desfila com o queixo erguido sob a luz dos spots em cima do palco. Balança ainda um pouco o corpo porque está no início de seu longo aprendizado. Ela não olha para os lados. Uma boa parte me diz respeito. Preciso fugir para não me deixar quebrar. Aqui estou vivendo uma atmosfera de pesadelo. Meu estômago arde um pouco, talvez de fome, e deixar de atendê-lo é minha vitória.

20

Trancada no quarto, ela se gasta nos livros, onde prepara os passos para o palco. Nem tão secos e duros como os passos marciais de quem manda, tampouco os passos leves e balançados de uma dança, que mal tocam o chão. Minha irmã ensaia dias e noites como quem persegue o conhecimento.

Bato à porta com o nó do dedo médio, sem força e não faço alarde, porque minha vida não me serve para atrapalhar ninguém. No fim de cada bimestre a Laura mostra o boletim quando estamos à mesa para que a família completa admire seus resultados. Todos nós sacudimos nossas respectivas cabeças em sinal de aprovação. O único a falar é nosso pai radioso, prometendo à filha um futuro brilhante de advogada. A Laura então sorri vexada e diz que não, ela quer ser artista de televisão.

Insisto com o nó do dedo médio até que ela venha abrir a porta com a impaciência pendurada dos olhos. Me pergunta o que eu quero e é difícil responder. Nada de especial, o que quero. Entrar em sua fortaleza e olhar. Só queria ver um pouco, e ela sacode a cabeça, um gesto que significa não acredito numa coisa destas. Uma noite, com medo da escuridão, solto um grito que acorda minha mãe. E durmo protegido entre os dois. Você tem de tomar conta de sua irmã, argumenta ela, para que eu volte a dormir no meu quarto.

Vou até sua mesa de estudo e vejo tudo que quero. Então saio com saudade da Laura, e acho que ela volta a ensaiar nos livros a entrada no palco.

Em casa, o assunto: a Laura teve a maior média da escola. Mas ninguém deve saber até o momento grandioso, por causa da glória. Nós três sentamos nas poltronas mais ou menos no meio do salão, muito quietos, fingindo não saber também o que aconteceria. A gente se olhava com seriedade marcando o rosto. Meu pai e minha mãe mal escondiam o orgulho. Quanto a mim, sentia frio nos braços e achava aquilo tudo uma chatice. A Laura não nos pertencia mais, escondida em algum lugar por trás do palco.

*

O diretor da escola, com sua altura na altura do palco, suporta todo o claror dos lustres e spots, aquelas luminárias. O salão lotado espera o nome do campeão do ano, que pouca gente já sabe quem é.

Então o diretor anuncia seu nome pelo microfone e a plateia trepida de aplausos. Laura Marchetti da Silveira. Ela invade o palco, o queixo erguido, sem olhar para lado nenhum. A campeã. Meu pai se engana. Ele diz que minha indiferença é inveja. Não é. Eu não tenho vontade nenhuma de ser campeão porque eu já sei que isso não serve para nada. As luzes terão sempre de ser efêmeras? Depois desta noite, com seus brilhos e aplausos, ninguém mais vai-se lembrar de que a Laura foi considerada a melhor aluna da escola. Aqui em casa é que o assunto ainda medra e sobrevive.

O diretor no palco como se estivesse no alto de uma nuvem, de microfone na mão, chama com sua voz completa, sem recanto, por mais esconso, onde ela não penetre, Laura Marchetti da Silveira. Sua mão direita ergue-se espalmada reta dizendo: ei-la. E ela, de fato, invade o palco sem olhar para lado nenhum. O sorriso sem destinatário é meu velho conhecido. Ela nunca mais teve vontade de não ganhar prêmios na vida.

*

Ela atravessa o palco com seu andar um pouco sacudido, sem o peso e a dureza de um passo marcial, mas que não chega a ser um passo de dança. Minha irmã vai até o meio do palco, onde a espera a altura do diretor. Ei-la, e sua mão ergue-se espalmada para que todos saibam: Laura Marchetti da Silveira. Ela não olha para os lados, mas acho que sorri, pois ensaiou muito com os livros para este momento. Inclina-se reverente agradecendo os aplausos. Ela sorri sem parar. Recebe o prêmio das mãos de um professor que também é chamado. Um professor. Ele dá um beijo em cada uma das faces faceiras da Laura Marchetti da Silveira e todos sorriem de satisfação por causa do prêmio. Quem está mais satisfeita é a Laura que tanto treinou com os livros para conseguir desfilar pelo palco. Amanhã estará cada um pensando em sua morte, próxima ou remota, mas sobretudo certa.

*

A Laura anda ganhando prêmios pela vida afora, para os quais treina constantemente. Ela atravessa de queixo erguido uma quantidade imensa de palcos. A Laura. Nem por isso encontra a fonte da eterna juventude.

Na opinião de meu pai, é a inveja que amarga minha boca toda vez que a Laura ganha um prêmio. E ele pode entender a verdade? Claro que não, mergulhado em suas convicções e no barro da vida, a vida, como eles a concebem, jamais poderá supor até que ponto considero tudo isso desprezível. Ah, não, ele não compreenderia quanto amo a Laura desde sempre, mas ela mesma, a minha irmã limitada por sua pele, e o quanto desprezo suas vitórias inúteis e efêmeras.

21

São todos altos de roupas escuras e se movem sem ruído nem peso. É como se não tocassem no chão embarrado, pairando suaves. Uma ladeira entre a casa e a estrada, uma ladeira coberta de capim molhado. O dia não se define, por cima das laranjeiras, fica indeciso por causa da bruma. Parece um dia muito arrependido e sem opção, por isso não se define. As pessoas passeiam separadas dando voltas como se não se vissem. Vão e vêm, às vezes fazendo círculos sem mover os olhos exagerados.

Os semblantes gastos não se modificam, mesmo assim, sinto-me ameaçado. Tento afastar primeiro o corpo todo, quando se aproximam muito, mas os pés não se movem. Então desvio a cabeça, que está pesada, mas não o suficiente para me sentir seguro. As sombras podem ser ácidas quando o dia fica assim parado. Da estrada eu vejo algumas das pessoas rodando por cima do capim molhado para ir cirandar em torno da casa. É uma casa vazia. Nunca estive lá, mas sei que é uma casa vazia.

A brisa que sobe das laranjeiras dispersa as sombras que estão mais perto de mim, por isso tenho mais espaço para alongar os braços. O *Bolero* de Ravel cresce na caixa de som e se aproxima de sua apoteose. Me encolho ainda mais, encostando os joelhos no peito, pois temo explodir com a música. Fechadas no escritório, elas me refugaram, empurrado para fora de meu destino. Elas e seus assuntos graves. O tema obsessivo do *Bolero* me alivia de minhas circunstâncias. Não fosse por causa da Laura, muitos deles nem me cumprimentavam. Aquelas sombras. O que resta da família é ela, seu brasão. Algumas pessoas sabem da minha existência, mas fingem que não passo de um apêndice familiar: apêndice incômodo. As duas se afastam conversando baixo, resolvendo nossas vidas e eu fico na sombra inutilizado porque ninguém repara em mim, um túmulo que se move. As caixas me perfuram a consciência com a repetição dos mesmos dois compassos como a espiral do eterno retorno. Não existe verdade além da música, só ela é sólida, só ela é sua própria realidade.

Mesmo de pálpebras fechadas, meus olhos se movem tentando fugir da claridade leitosa que chega da janela. As cortinas abertas. A Fabiana carrega muita claridade com ela, mas agora meus olhos se movem sem ter para onde fugir. O fim das férias? Afastadas como um segredo, a Fabiana sai de férias por ordem da Laura. Debaixo de um sol que arranca faíscas dos túmulos. Elas entre si. E os vultos de feições gastas se aproximam e se afastam. Alguns flutuam em círculo ladeira acima e não se molham no capim cheio de bruma. É a harpa que chove tantos acordes na vidraça? E este lamento, que é sempre o mesmo, mas sempre diferente de si! Preciso fechar as cortinas da Fabiana. Há gritos agudos que se alternam com a voz que lamenta. O desespero se aproxima e a minha respiração é regida pelo ritmo do *Bolero*. Eu não tenho peso porque estou na música. Notas longas preparam gritos agônicos. O silêncio é o fim de tudo. O silêncio.

Estou com o corpo dolorido. Estico as pernas como medo de que um nascimento esteja sendo engendrado. A Laura me deu dois meses, nem mais um dia. Se me levantar é para fechar as cortinas por causa da claridade. Nem mais um dia. Tenho de garantir a manutenção deste sofá que precisa de um bom dinheiro. Mas não sei como se faz isso.

Meu pai segura com firmeza minha mão desobediente. Sentada em seu antebraço horizontal, a Laura ainda não é ninguém, por isso não se entristece. Procuro minha mãe em volta e só vejo pernas altas que me ameaçam esmagar. Por uma brecha que se forma, vejo o corpo inclinado de uma mulher escura, uma sombra dizendo, Minha pobre menina. Então fiquei triste, presumindo horrorizado a morte.

22

Meu pai segura com firmeza minha mão desobediente. Sentada em seu antebraço horizontal, a Laura ainda não é ninguém, por isso não se entristece. Procuro minha mãe em volta e só vejo pernas altas que me ameaçam de esmagamento. Por uma brecha que se forma, vejo o corpo inclinado de uma mulher escura, uma sombra dizendo, Minha pobre menina. Então fico triste, presumindo horrorizado a morte, que ainda não entendo, mas que já me causa repulsa.

No banco de trás, a Laura dorme espichada, a cabeça apoiada em minha coxa. É uma viagem longa, Adriano, descanse. Mas a cabeça da Laura não me deixa muita liberdade de movimento. O sol mostra árvores e plantações e morros que encostam nas nuvens. O céu parece cobrir tudo, desde o início da terra até a estrada. Na frente de uma casa, um cavalo espera de cabeça baixa e abanando a cauda. Não consigo me fixar em nada porque o mundo se move e mistura tudo.

Quando querem falar, meus pais, eles cochicham abaixo do ronco monótono do motor. Minha mãe sempre olha para mim antes de dizer alguma coisa muito perto do ouvido de meu pai. Ela sorri para mim, mas não deixa que eu ouça o que ela diz.

Minha mão presa na sua mão cabeluda imensa, meu pai me arrasta até a sala, onde não há lugar para mais ninguém, mas ele não me larga e olho para trás procurando minha mãe, mas não consigo vê-la mais. Com a sensação de sufocamento por tantas pernas altas e vestidos escuros, tenho muita vontade de chorar porque minha mãe está perdida no meio da multidão e eu não sei se ela vai-nos encontrar outra vez.

Por fim, acabo acordando com o carro quase parado. Não consegui ver toda a viagem, apesar da cabeça da Laura apoiada na minha coxa. Minha mãe, com a mão muito comprida, me sacode e diz, Pronto, filhinho, chegamos. Pela janela do carro vejo a multidão que se aglomera na frente da porta de uma casa pequena, todos de rosto virado para nós, que acabamos de chegar. Meu pai abre a porta traseira e ergue minha irmã nos braços, ela resmungando sem vontade de acordar. Vejo minha mãe abraçando umas pessoas no portão e quero ficar ali com ela. O dia está caindo por cima dos telhados e não quero me separar dela. Mas é tanta gente que tenho medo de me perder, por isso não largo a mão de meu pai. Vontade nenhuma de entrar nesta casa baixa e pequena, principalmente porque ouço gritos e choro que chegam através da porta aberta, onde o povo está aglomerado. Meu pai, então, define: os parentes. No portão, tento escapar, mas então já não consigo. Ele me arrasta pelo meio das pessoas que dizem boa-tarde. Todos eles, umas pessoas grandes. Uns meninos pouco maiores do que eu olham-nos de longe, com suas calças curtas. Estão muito sérios e me dão a impressão de que nunca na vida quiseram brincar.

Só uma vez o carro para e é perto do cheiro de gasolina. Aproveito para ir até o banheiro com minha mãe porque estou com vontade de urinar, uma coisa que nem tinha percebido ainda. A Laura fica deitada no banco traseiro e quero voltar logo para o carro porque parece que ele pode voltar para a estrada sem nós. E insisto com minha mãe, que me dá um beijo e manda que eu fique quietinho esperando, enquanto ela abre uma porta e se esconde. Ela sempre desaparece quando preciso dela. Eu digo, Mãe!, já com voz à beira do choro, e ela, apenas uma voz, me diz, Espera, filhinho! A mamãe já está indo.

Então como o lanche que minha mãe me estende. A Laura acorda mas não tem vontade de comer. Eu mastigo olhando a paisagem onde um homem está no alto de uma carreta de bois. Ele ergue o chapéu e some para trás. Me viro rápido e ele também, e parece que, mesmo com a distância aumentando, já ficamos conhecidos. Ele é meu amigo encarapitado no alto do pasto que transborda da carreta.

Pronto, filhinho, chegamos. Eu acordo com a mão de afago da minha mãe. Meu pai toma o corpo da Laura nas mãos cabeludas e a suspende para que ela resmungue sem querer acordar. Eu desço do carro quase sozinho e vejo o povo aglomerado em volta da porta. Minha mãe está nos braços do povo-parente, como lhe chama meu pai.

Eles saem uns atrás dos outros e fico parado olhando por cima do muro até que minha mãe aparece e diz, Vamos. Por isso tropeço nas pedras da rua seguindo o povo. Lá na frente eu sei que segue o caixãozinho branco e a mulher que diz, Minha pobre menina.

Eu puxo minha mãe, que não entende meu gesto, e torno a puxar. Então ela se abaixa como se fosse me erguer nos braços. Bem perto de seu ouvido, cochichando, eu pergunto:

– Criança também morre?

Sinto frio em meus braços pelados e vejo a noite chegando vagarosa e sem fazer barulho.

23

Acordo com pressa pensando que já chegamos. Minha irmã me sacode de leve pelo ombro e reajo brusco, sentando no sofá com minhas pernas cansadas. Olho em volta querendo ver (onde a janela?) e encontro o olhar opaco da Laura. Atrás dela, a Fabiana soluça de olhos vermelhos e molhados, e meu estômago se confrange com a súbita certeza. Ninguém quer tomar a iniciativa de dizer com as palavras o que deve acontecer porque então a verdade eclode do vago, e, ao ganhar um nome, torna-se irreversível.

– Adriano, minha irmã acaba dizendo muito protegida, não tinha outra solução.

A Fabiana sacode o corpo e o penteado alto, um penteado de festa. A Fabiana veio bonita e a Laura não tinha outra solução. Não pretendo encará-la, gostaria de nunca mais ter essa necessidade. A vida vai-se esgarçando, puída e enrugada: o que me resta viver. O Durval estaria feliz, aqui, tirando conclusões, gerando suas teses. Mastigam tudo, disse-me uma vez, e cospem o bagaço. O Durval. Eu teria sido diferente? Se tivesse nascido antes, no tempo da esperança? Talvez acreditasse, porque então era imperioso acreditar. Como entender o Durval, que nasceu na minha época e continua vivendo de sua fé? Meu amigo sumiu sem se despedir quando lhe pedi que não me falasse mais de futuro, de suas esperanças no progresso humano.

Me levanto sobre pernas cansadas e gastas para abraçar a Fabiana com seus soluços sacudidos. Tenho vontade de dizer também minha pobre menina e a vontade se transforma em lágrimas que não retenho e baba que me escorre da boca. Sem dizer nada, nossa empregada me aperta por alguns instantes em seu silêncio molhado, então afrouxa os braços, me larga, desaparecendo no vestíbulo. Eu a vejo pelas costas e não entendo como a Fabiana começa a se desfazer em nossa vida para se construir onde não sabemos e com quem não conhecemos. Nós também começamos a nos desfazer nela – é a impressão que me ataca e que me gela a boca e os pensamentos dispersos.

Pelas janelas abertas entra uma claridade áspera insuportável, e eu tenho de me encolher em defesa, mas sinto que isso é inútil. É preciso fechar as cortinas, com urgência, porque meus olhos se fecham ofuscados, e eu preciso descansar. Eu preciso descansar. Não há nada de que eu mais precise. Deitar novamente e ligar o aparelho de som, com tanta luz na sala, com estes móveis tão cheios de arestas, seria um modo de me manter com a consciência viva. Preciso fechar as cortinas, e isso antes que a Laura volte do vestíbulo exibindo seu poder no modo de andar com o queixo erguido vitorioso. Mas não consigo mover os pés plantados no tapete.

Meu corpo reage sem mim, por conta própria. Meu corpo é o primeiro limite da minha liberdade. Suas exigências são as fronteiras que ele impõe à minha vontade. Tento em vão me livrar de seu império, mas dor e fome, frio e calor me condicionam. A claridade que vem da janela me bota diante dos olhos uma paisagem que eu preferia não ver. A Laura já fechou a porta da frente e eu não consigo sair do lugar. Mas quem é este corpo senão eu mesmo? Ele é a minha existência. Não sou sem ele nem ele sem mim. Ouço o estalido metálico de uma fechadura e dou dois passos ainda vacilantes na direção da janela, por fim me decido, contorno o piano e alcanço as cortinas.

Minha irmã quer me extirpar da casa onde nasci como se um furúnculo maligno. Mas não saio. Esta casa não é objeto de troca, ela é nosso lugar no mundo, o lugar onde vimos as primeiras cores e aprendemos as primeiras palavras. Luz e sombra, o sentido dos sons, foi tudo aqui que reconhecemos. Isso não se vende. Se ela saiu, foi por vontade própria, foi para ser outra família.

Sinto a aproximação dos pés duros da Laura, que machucam o piso, mas não a vejo, pois devolvi à sala seu ar escuro. Ela arrasta uma cadeira para ficar sentada na minha frente, muralha, sem me deixar qualquer brecha por onde fugir. Imagino que agora queira me contar o que se disseram as duas. Dispenso as explicações daquilo que já sei e deito no sofá. Quero dormir inteiramente fechado como se não existisse mais.

24

Os olhos claros da recepcionista me intimidam. Mais dois além de mim na saleta. Quando cheguei, ela disse, sente aí e aguarde. Éramos quatro sentados nas cadeiras de esperar, mas um deles já entrou por uma porta que se abriu com seu nome em voz alta. Os dois antes de mim. Que sabe ela a meu respeito para que fique me observando o tempo todo? Inclino a cabeça para o lado esquerdo, onde fico protegido por umas palmas de ráfia. Ela conversa ao telefone sem tirar a claridade de seus olhos de cima de mim. Meus dois concorrentes trocam frases cheias de inteligência sobre futebol, e acho que isso lhes diminui o suor. O Rodrigo até hoje não dispensa o futebol de salão toda sexta à noite. Ele tem um corpo de se movimentar muito. Na praia, eles jogavam frescobol. A Laura precisa de um apartamento na praia porque o marido gosta de quebrar onda – dois meses e nem um dia a mais – e com urgência.

Sem a Fabiana em casa, tenho de arrumar uma faxineira. A roupa mudou de cor dentro da máquina e ficou toda enrugada. Mas antes quero ter um emprego. O dinheiro que a Laura me deixou, sem abuso, dura os dois meses nem um dia a mais. A telefonista não tira aquele aparelho da cabeça, falando sem parar, com palavras molhadas de riso. E me olha por entre os dedos da ráfia: meu rosto em retalhos.

Bem que eu podia pegar uma revista dessa pilha aí em cima da mesinha de centro e ficar folheando. Fugiria dos olhos claros. Mas não me mexo da poltrona por medo de um movimento falhado – um papel ridículo. Além disso, poderia parecer uma atitude falsa, um despiste para meu nervosismo, e devo aparentar a maior naturalidade neste lugar. A Laura, quando saiu numa revista falando de seu curso, recebeu milhares de telefonemas. Porque as fotos, porque as respostas, enfim, um imenso sucesso. Meu pai disse que o valor de uma pessoa se mede é pelo sucesso. Ele estava muito contente com a Laura. Então perguntei a ele se nós, os que nunca saímos em revistas nem fazemos qualquer sucesso, se nós não temos valor. Ele me olhou firme e reflexivo, seu olhar de imperador, pensando uma resposta. Mas suas mãos se eriçaram, se esfregaram gordas e cabeludas, e ele não disse nada. Mais tarde, no jantar, ele falou em felicidade e a Laura concordou com ele. O Durval também, só que um pouco diferente. Eu sempre soube que para eles a felicidade é isto: aparecer numa revista. A Laura estava contente, pensando que estava feliz. O Durval acredita que a humanidade um dia vai alcançar a existência feliz. O Durval. Ele acredita no progresso e no futuro. Aí eu pedi ao Durval pra me deixar em paz com as minhas ideias e ele não se despediu. Mais tarde só telefonou, sua voz metálica por dentro de um fio. Acho que era o Paraná.

Chegaram mais dois candidatos. Esta saleta vai ficando muito pequena. Um deles está de costas pra mim conversando com a recepcionista. Ele me protege sem saber. A porta se abre e todos olham com força para o candidato que sai, querendo descobrir qualquer marca em seu rosto do que pode ter acontecido lá dentro. Um dos torcedores se despede do outro, que lhe deseja boa sorte com voz de muita falsidade. Meu protetor involuntário aproveita a súbita agitação da saleta e ocupa a poltrona recém-vaga. O movimento diminui até ficarmos todos parados novamente, uns olhando para os outros sem nenhuma vontade de conversar nem curiosidade de saber o que significa o rosto que se aquieta na espera. Bem que podia pegar uma dessas revistas. Bem que podia, claro. Mas posso ser mal interpretado. As pessoas estão sempre tirando conclusões do que veem, e, mesmo quando erram, botam o mundo numa sacola e levam pra casa.

A recepcionista se levanta e dá a volta em seu balcão para ligar o ventilador suspenso na parede, acima da minha cabeça. Não fixo o olhar no corpo da moça porque preciso causar boa impressão, por isso olho distraído para a porta por onde logo mais devo entrar para a entrevista. Ouço o estalido do comutador, em seguida me ocupo do barulho circular do velho ventilador, que faz um vento estremecido e com muitas falhas passar por cima de mim para perder-se em qualquer altura da parede da frente. A paisagem de neve cobrindo a montanha nem se mexe, tal a mediocridade do vento. Ela gritava meu nome e me pedia para jogar a bola que vinha rolando na minha direção. Com as pernas presas num monte de areia, mergulhadas naquele peso, eu não saía do lugar.

É como se um helicóptero não saísse do meu pensamento, apesar de estarmos todos suados, mesmo a recepcionista, que ajuda o ventilador com uma revista aberta. Não reprimo o bocejo, apenas consigo disfarçá-lo com a mão discreta. Quero saber quanto tempo vou ter ainda de esperar e calculo os minutos de cada entrevista (agora só mais um na minha frente), me perco, entretanto, nas contas e desisto. Os dedos abertos da ráfia por fim se movem e isso é uma prova da existência do ventilador. Volto a fazer as contas e novamente me perco, porque os olhos claros da recepcionista me observam de forma selvagem por causa de seu brilho intenso e estranho. Minha mãe subia na cadeira e trocava as pilhas do relógio da cozinha. Depois descia sorridente e vitoriosa: sua aventura. Meu pai mal roçava os lábios na testa dela. Um colega de classe insinuou ter visto meu pai entrando num cinema acompanhado. E não era por homem, ele me provocava. E não era por homem, me provocava com um riso de ácido. As mãos cabeludas de meu pai não eram apropriadas para qualquer tipo de carícia. As duas aranhas. Fechado no banheiro, sozinho, me lavei daquele riso de ácido com lágrimas quentes. À tarde, minha mãe tocou o *Bolero* de Ravel, num arranjo pra piano. Por isso fiquei encolhido no meu sofá, com os joelhos encostados no peito. Deitado ouvindo e sem pensamento que me atrapalhasse. Só ouvindo, numa realidade existente apenas para dentro de meus olhos fechados. A recepcionista livra a cabeça da tiara do telefone, levanta-se e vem mexer no ventilador, que só faz barulho. Ela roça uma das pernas em meu joelho e me pede desculpas. Sinto o fogo incendiar meu rosto. As palmas da ráfia entram em convulsão, abanando como se pedissem socorro. Mal vejo os olhos da recepcionista, que já está conversando com o microfone quase dentro da boca.

Meio escondido ao lado do vaso de ráfia, observo dissimulando meus concorrentes. O torcedor de futebol não falou mais desde que seu parceiro de assunto entrou pela porta da direita, que é a porta por onde todos teremos de passar de coração preso na mão. Os outros dois, que chegaram na mesma hora, não parecem ter vindo juntos. Eles não se comunicam. Concentrados no ensaio do que vão dizer, ambos exibem no rosto a certeza de que serão os escolhidos. É o ar meio arrogante de quem se prepara para vencer. A Laura, toda vez que entrava num palco, sem olhar para lado nenhum, tinha esses olhos de uma satisfação tão completa que chegavam a agredir a gente com seu brilho.

O ventilador, agora, está voando mais rápido com seu ruído. E eu tenho de fechar os olhos para que o mundo rode menos adernado. Apesar do vento, sinto o suor descendo-me pelas costas e imagino meu próprio cheiro quente. Aperto os braços contra o corpo, com esforço desesperado, porque estou com o estômago subindo incontrolável na direção da boca e porque por baixo dos braços me fujo de mim, me desmancho. O movimento das mãos espalmadas da ráfia, que vai e volta sacudindo-se sem arredar os pés do lugar, me obriga a cabeça a oscilar, e eu só queria estar na cama para não abrir os olhos.

Aqui nesta saleta eu sou sozinho. Estamos todos sozinhos, presos dentro de nossas cascas impermeáveis. Nosso desconhecimento dos outros e o desejo de que tudo permaneça como está é que nos mantêm isolados. A recepcionista desistiu de me observar porque talvez já tenha elementos suficientes para seu relatório. Um homem de barba chegou e disse que, tendo passado nos testes, tinha sido chamado para uma entrevista. Sentou-se visivelmente nervoso, com o suor porejando das mãos e do rosto, com o olhar aflito de quem tem medo de competição. Não demonstrou sociabilidade, pois não puxou conversa com ninguém, estando o tempo todo muito tenso. Várias vezes manteve os olhos fechados como se estivesse dormindo. Ela agora parece estar jogando alguma coisa no micro, pois, de olhos e cabeça inteiramente parados, de vez em quando ela sorri exaltada e chega a pular na cadeira, comemorando.

Minha boca se enche de uma saliva grossa e verde, que engulo mas não acaba, minando como se fosse me inundar. As folhas de ráfia se movem meio frenéticas, dando voltas, umas voltas estúpidas que me embrulham o estômago. Junto ao balcão da recepcionista cochicho um pedido de socorro e ela aponta para uma porta no outro lado da saleta. Entro pensando que vou vomitar, mas não tenho nada que possa jogar para fora. É só esta saliva que desce em fio comprido na direção do vaso sanitário. Era num jogo de paciência que ela mantinha acesa sua atenção. Apontou com o queixo na direção da porta e sem me agredir com seus olhos claros.

O banheiro está com cheiro de desinfetante e eu preciso arranjar uma arrumadeira para um dia pelo menos por semana. Mas antes preciso garantir um emprego. Então era isso: as duas em conversa debaixo do sol. Ela não teve escolha. Dois meses e nem um dia a mais. Limpo a boca e sento no vaso fechado, onde ninguém fica me examinando.

Volto à saleta e não vejo mais o torcedor de futebol. É provável que já tenha entrado para a entrevista.

25

Tenho evitado encarar o espelho porque não me reconheço neste rosto escalavrado que vejo. Aprendi que sou uma unidade e sei que sou, pois não consigo me desfazer de lembranças e costumes. Mas agora que unidade é essa que sou eu? Enfim, qual o significado de ser eu em mim? Faltam três dias para que vença o prazo, nem um dia a mais, e continuo tão perdido como sempre.

Quando entrei na sala para minha primeira entrevista, senti que de dentro de mim alguma coisa queria sair, tentando fugir para não testemunhar o que então se preparava. Vacilei, na entrada, quase desabei para o fundo de um mundo oscilante e só com muita dificuldade consegui reter a saliva farta que voltava a me encher a boca, engolindo aquele líquido grosso e verde, e isso me pareceu estar engolindo a mim mesmo. A mim mesmo esverdeado. Sentado, mesmo assim minha respiração me pareceu alterada. Na minha frente, do outro lado da escrivaninha, um homem de óculos de lentes grossas, ele grande poderoso, com suas duas mãos cabeludas sobre a tampa da escrivaninha. Tentei desviar os olhos das mãos, mas elas pareciam armadas para um bote e o mundo voltou a oscilar.

Conversamos um pouco sobre banalidades e, só aos poucos, descobrindo uma voz aliciante, sem nenhum trovão das tempestades que eu esperava, foi que respirei num ritmo quase bom e senti que meu corpo parava de porejar seus humores malcheirosos. Me animei, em certo momento, ao ouvir que meu teste havia sido um dos melhores.

O gerente falou de pretensões e de outras coisas que eu não entendia, então novamente a sensação de que tudo rodava em meu redor. E por não saber que resposta deveria dar, comecei também a esquecer quem era e o que fazia sentado à frente daquela escrivaninha. Finalmente ele me perguntou, encarando-me severo, qual era minha experiência. Experiência?, perguntei com o coração assustado. A experiência, sim, qual a sua experiência. Eu fui diminuindo, sentado à vista do gerente, fui diminuindo até não saber mais nada, de mim nem de ninguém. Ele se levantou e me despediu com a promessa de que daria o resultado por telefone. Só fiquei ouvindo, como um zumbido: por telefone. Atravessei a saleta da recepcionista sem ver as pessoas e só vendo a porta porque era uma iluminação. A voz do gerente seria uma cilada? – com toda suavidade me perguntou pela experiência. E que sei eu de experiência! Que por telefone. O resultado sem o peso de um rosto defronte do outro.

Andei tentando outros empregos, mas havia um caroço a me quebrar os dentes em cada um deles. Suei caminhando, mas suei ainda mais imaginando respostas que me obrigavam a dar. Eu as inventei pensando em um mundo regido pelas leis da lógica e nunca acertei. O caos é a única lei que vigora no planeta.

Agora saio a esmo para me sentir cumprindo a ameaça feita à Laura. Já passei dias inteiros perambulando por aí ou sentado à sombra desta velha figueira aqui no parque. Ultimamente, sinto chegando uma fraqueza desconhecida e andar se torna um sacrifício a que me sujeito apenas na falta de alternativa. Venho até este banco e aqui fico a ouvir o vento nas copas, a ver os pardais caçando insetos no gramado, a observar as pessoas que passam muito desconhecidas. Não tenho visto o mendigo que um dia nos abordou, pois ele deve andar escondido entre as folhagens das árvores. Quando o vento chia na passagem pelas copas, eu tenho a impressão de que vou encontrá-lo do outro lado do canteiro de amores-perfeitos. Ele, com sua mão estendida e aquela aura mefítica.

Aperto no bolso a chave de casa, meu cordão umbilical, e percebo pasmo a fragilidade de nossas ligações com a vida como a organizamos para nós. Se perdesse agora este pequeno pedaço de metal, não saberia o que fazer. Arrombar a porta, como um assaltante, forçar uma janela e pular por cima de cacos de vidro, não sei se teria coragem de cometer qualquer uma dessas violências. Ontem tentei entrar no escritório de meu pai. Talvez encontrasse um livro interessante, uma coisa que me ajudasse na espera, alguma distração como revirar os fundos de gaveta. Isso em geral pode ser fonte de muitas surpresas. Eu estava entediado e sem vontade de sair. Pois surpresa mesmo, a surpresa que jamais imaginaria, foi encontrar a porta trancada. A Laura deixou o escritório trancado e levou a chave com ela.

Agora estão faltando três dias para que vença o prazo que ela me deu. Os dias parece que já vão encurtando e a brisa a esta hora é mais fresca. Uma chave no bolso. Ainda tenho de passar na padaria e gastar com leite e pão a metade de todo o dinheiro que me sobrou. Sem comer alguma coisa, meu estômago não me deixa dormir.

26

*H*oje é o dia a mais, um dia que já não me pertence, e não tenho vontade de abrir os olhos porque sinto que me esvazio. Em sessenta dias julguei possível uma transformação. Cheguei a ter esperança de assumir, pelo menos em uma parte mínima, a miserável manutenção de minha vida, por elementar que ela fosse. Não fui aceito, finalmente, no círculo que desprezei e de onde fugi apavorado. Nem um dia a mais, ela disse antes de ir à porta receber a Fabiana.

Apesar da claridade que atravessa latejando pelas frinchas da veneziana, permaneço imerso em um silêncio de domingo, que é um silêncio grandioso, um silêncio que aqui na cama me abastece os sentidos. Ontem liguei a televisão. Não porque quisesse saber do mundo, não. Eu precisava mesmo era ouvir alguma coisa com meus dois ouvidos fora de uso, qualquer coisa, e meu aparelho de som não funciona mais. Essa era uma necessidade que me atrapalhava a respiração, porque os ruídos, todos os sons, estão no ar e o ar parecia ter debandado.

Não, não é que eu não tenha tido amigos. Tive alguns. Então não posso pensar que o Durval, meu único amigo, desapareceu sem deixar rastro nenhum. Ele desapareceu, mas não foi meu único amigo. Os outros fui perdendo pelo caminho. Eu dizia que meu pai insistia comigo para que eu aprendesse a dirigir seu carro e enfurecia com minhas recusas, por isso alguns dos meus amigos soltavam gargalhadas bem rumorosas, uma coisa meio atordoante de tamanho, e era fácil enten der que eles ficavam contentes com o que ouviam de mim. Mas depois começaram a me abandonar e o Durval, que não ria como os outros, um dia me disse que eles comentavam meio assombrados minhas diferenças. Por fim, já contava só com o Durval, mas eu não aturava o jeito dele de querer reformar o mundo, sua mania de falar do futuro e do progresso da humanidade. O Durval estava ficando irritante. E me pegava pelo braço. O Durval. E sacudia meu braço provando que o tempo existe e que o ser humano caminha no rumo da perfeição. Meu braço, justo meu braço, que nunca se meteu em cogitações, fossem elas de que tipo fossem. Em todas as entrevistas que me vi forçado a aturar, me perguntavam duas coisas: qual minha experiência e quais minhas ambições. Nem sempre respondi, mas, quando o fiz, causava um espanto bem à mostra na fisionomia do entrevistador. Foi o caminho da desistência.

Pelo barulho que fez, seu ronco grosso, o motor desligado aí na rua, na frente de casa, é um motor de caminhão. Esta é uma rua sossegada, em que se anda, mas não por que se passa. Ela costuma ser o destino, não seu caminho. Mas a esta hora? Difícil que seja uma entrega de loja. Acho que alguma mudança, isso sim. A verdade é que não tenho mais contato com vizinho nenhum. Com meus pais em casa era diferente: uma casa respeitável. Agora eles evitam aparecer perto de mim. Só me olham de esguelha, espiando com semblante alterado e um ar grotesco de observação e desconfiança.

Minha mãe era quem sofria com o assédio indecoroso da vizinhança. Ela me contava, não para me acusar, pois foi dela que sempre recebi apoio, que as vizinhas queriam saber, O Adriano, então, como é que é, alguma doença? Nunca me incomodou essa curiosidade dos vizinhos, mas não me agradava o sofrimento de minha mãe. Por isso a decisão de não aparecer muito para eles. Quieto no meu sofá, sem incomodar ninguém com minha música, talvez me esquecessem misturado com minha sombra.

Alguém dentro de casa? Ruídos metálicos, mínimos e secos, e uma porta batendo. As figuras dançavam na ladeira coberta de capim molhado. Depois desciam para a estrada, sem tocar no chão, e de perto, quase encostando em mim, eu via o cinza silencioso em lugar do rosto: sua fisionomia vazia. É uma respiração o que estou ouvindo? Mas então a Laura, então ela, no dia nenhum a mais! Pode ser? É muito desconforto alguém caminhando por dentro da minha casa enquanto durmo.

27

Em dois meses minha irmã perdeu a cor do viço. Ela veio mais pálida. E seca séria sem sorriso. Apareço na porta da cozinha e abro os braços à espera de seu abraço, ela me dá bom dia com lábios roxos, antes de se deixar abraçar. Hoje resolvemos tudo, me diz, assim que devolvo seu corpo à própria vontade. Nem me dá tempo de perguntar pela filha, pelo marido, e arremete pálida com seu ímpeto que hoje resolvemos tudo. Como se ela já fosse outra família, estrangeira, deixando-me ainda mais órfão, sem parentesco nenhum. Resolvemos tudo. Não sei exatamente o que é tudo e tremo só de imaginar o que seja, mas armo os olhos contra os dela, porque sou a humanidade, no que me resta de humano, em combate contra a cupidez desmedida.

Como assim? E ela se espanta com minha pergunta, depois da qual vai ter de transformar em palavras suas intenções obscuras.

Percebo claramente o movimento de sua garganta engolindo a saliva e me sinto arranhar com sua tosse expulsando o pigarro. Ela se prepara, agora ela tem de se preparar para transformar suas intenções em palavras, coisa que minha irmã não esperava, acreditando que as ocupações em que o tempo todo sua mente trabalha sejam as mesmas que me ocupam. E se desconcerta ao perceber o engano, por isso seu coração bate mais forte e mais rápido, e o ar da cozinha parece insuficiente para suas necessidades.

Ofereço uma cadeira para a Laura e ocupo outra em sua frente. Ela não aceita de imediato, como se isso fosse uma concessão perigosa, o início de uma renúncia. Eu a conheço e a amei enquanto foi minha irmã.

Numa última tentativa de ser irmão desta mulher à minha frente, comento sua palidez, muito amigável e quase familiar. A Laura enruga a testa, espicha o lábio inferior e sacode os ombros, tudo numa sincronia de engrenagem bem ajustada. Então, como forma de menosprezar minha observação, ela cai numa palidez ainda maior. Estou com frio no céu da boca e na boca do estômago, um frio que me deixa entanguido, sem muita competência para pensar. Meus pés se esfregam debaixo da mesa, meus pés ainda nus.

Ela por fim me olha gladiadora propondo o combate. O que eu quero dizer, e a pausa se prolonga em meus ouvidos vazios. O que eu quero dizer. Meus pés debaixo da mesa se esfregam. O dia é uma pasta claro-estática sem progressão. Meus pés. Um pigarro avisa que ela vai continuar, e ela diz que somos dois adultos com o dever cada um de cuidar de sua própria vida. Nem pergunta sobre o emprego que me prometi, se tentei ou não. Joga em cima da mesa uma pasta que eu ainda não tinha visto. Uma pasta de plástico azul, fechada com elástico branco e redondo. Cada um de sua própria vida. Ela está de um lado da mesa e eu do outro. E a mesa hoje está de uma largura descomunal.

Então a Laura explode que não pode levar a metade da casa, da casa que também é sua, ela se desmancha dentro de meus olhos, ficando em seu lugar apenas um vulto pálido e informe. A Laura já não usa mais o modelo de nossa mãe, aqueles gestos suaves e o semblante radioso de bondade. Agora já sei que fui de uma família que se desmanchou. Mas não tenho vontade de chorar, não tenho reserva de emoções para uso em momentos críticos. Me calo calado, me encolho na cadeira, os olhos doidamente cegos, uns olhos inúteis de tanto não terem foco. O mundo embaça com pressa, aqui, na minha presença, todo esfumado, e se descolore em rápidas pinceladas de ausência.

Vender o imóvel, eis a solução que ela me apresenta. Repetidas vezes e de maneira histérica. A casa em que ambos nascemos não existe mais. Agora é um imóvel. Foi transformada em valor pecuniário e a única, entendeu?, a única solução é vendê-la. Ainda se pudesse vender apenas minha parte, você (eu, pelo eco retardado em meus ouvidos, sei que está falando de mim) que ocupasse a outra metade. E sorri do que ela pretende ser uma ironia, mas que não passa de um humor boçal de que jamais suspeitei ser ela capaz.

Ela me sabe passivo demais para reagir, por isso nem me olha ao abrir sobre a mesa a pasta de plástico azul. E de dentro da pasta, sorrateiramente, com guinchos agudos e quase imperceptíveis, começam a sair folhas de papel, todas elas preenchidas, com o mesmo aspecto daqueles formulários que as aranhas cabeludas de meu pai tanto gostavam de manusear, pois representavam seu domínio sobre nós outros.

— Assine aqui, ó.

E minha irmã aponta com a unha do indicador a linha em que devo colocar minha assinatura.

De duas, três semanas pra cá venho sentindo, esporadicamente, umas tonturas, espécie de vertigem, uma fraqueza nos músculos, um sono que me impede qualquer movimento. Com o dedo apontando a linha, ela fica fitando curiosa minha barba, que perdi o costume de fazer.

— Assine aqui, ó.

Meus olhos estão secos e os lábios febris. Contemplo seu rosto mais recente, onde não há qualquer sinal de sangue, e olho seu dedo imperioso. Aqui, ó. São os móveis e utensílios, Adriano. Podemos fazer a divisão sem gastar com cartório. Amigavelmente. Ela quase sorri, mas a boca torta, repuxando para a direita, é de uma Laura que eu nunca tinha visto. Nem o menor vestígio de sua mãe.

Apenas sacudo a cabeça: minha silenciosa e obstinada recusa. Ela tira mais alguns papéis da pasta e fala numa voz que não posso imaginar quando foi inventada, com a calma e a dureza de uma barra de gelo. Tudo bem. Para os móveis e utensílios não preciso mesmo de sua assinatura. Tenho como resolver de outra maneira. Seus lábios estão arroxeados e tremem. Mas já dei entrada no processo da partilha e preciso que você assine aqui, ó. É só uma procuração para um colega daqui da cidade. O juiz é quem vai decidir o que podemos fazer, entendeu? Me assusta a possibilidade de que ela venha a tentar novamente um sorriso. Em lugar disso, entretanto, seu novo rosto descai de cansaço, e eu sinto uma vontade irresistível de deitar e dormir. Dormir até o fim, dormir toda minha existência. Meus pés são o que me resta de movimento e eles se arranham debaixo da mesa. Talvez estejam sangrando, mas não tenho coragem ou ânimo para conferir.

Aqui, ó. Ó. E desciam sem tocar no chão da ladeira coberta de capim molhado. Vinham para a estrada embarrada, um barro frio onde meus pés se enterravam, mergulhados no fundo. Ó. Uma unha longa coberta de esmalte vermelho ameaça com a linha em que eu devo aceitar um segundo nascimento.

Volto a sacudir a cabeça – que não. Ela me oferece uma caneta aberta que sai de sua mão apontando para mim, mas decido não atravessar a largura da mesa e recolho minhas mãos para o regaço.

A Laura sente falta de ar: suas narinas frementes. Guarda a caneta e os papéis na pasta. Me encara algum tempo antes de falar. Sua recusa me força a uma atitude que eu não desejava. Vou entrar com um processo, solicitando que você seja declarado incapaz. Espera minha reação e espera inutilmente. Não preciso de defesa, não preciso mais.

A secura de seus saltos no corredor quase me acorda, o mundo gira e a janela invade a cozinha. Estou encurralado e não me apetece romper o cerco. Uma calma imensa pousa em meu corpo, e agora já sei que nada poderá me vencer.

Minha irmã volta da rua refeita valquíria à frente de quatro homens sobre os quais exerce o comando. Trazem com eles uns corpos sadios e tamanhos, muitas caixas de papelão e cordas de vários comprimentos. Ouço o barulho de móveis arrastados, ouço as vozes que se cruzam na sala. Vontade nenhuma de assistir a este saque sob o comando da Laura. Então fujo para meu quarto e tranco a porta.

28

Eu, por exemplo, não vejo os percursos em sua duração, se é que ela existe. Vejo tudo estaticamente. Quando me dou conta, lá está o ser que me olha, nós dois parados como duas eternidades. Não vi a transformação da Laura. De repente a examinei assustado e descobri o que nunca tinha visto: ela carregava dentro de si o que então eu via?

Se não estivesse chovendo em rajadas de vento com raiva, eu poderia sair vivendo por aí, me carregando como uma existência teleológica, procurando atingir um ponto, aquele que me estivesse destinado.

Mesmo aqui no quarto, em que há muito me encerro, mesmo aqui entra o frio que endurece ainda mais os ossos. Encolhido como estou, enrodilhado e enrolado em panos, nem assim o edredom me protege do frio porque ele nasce de minhas entranhas vazias.

Quando ouvi o ruído seco e marcial de seus coturnos, meu coração se confrangeu, pois era um ato que afirmava o salto para dentro da solidão. Eu continuava na cozinha repassando pela esteira cinzenta da memória os detalhes da entrevista daquela manhã. Havia passos mais suaves e vozes confusas, sem palavras, e entendi que era o ataque final: a Laura e seu pequeno exército. Agora a casa é quase só paredes. Com manchas que são cicatrizes de toda nossa vida. A casa é um oco, um lugar, espaço indiferente. Só não tiveram a ousadia de mexer neste quarto. Na cozinha, me deixaram mesa, fogão e geladeira. Trastes inúteis, que não me servem mais para nada.

Também não pressenti a mudança que se deu em mim. Ela gritou que não podia levar embora sua metade da casa, em seguida dispôs na minha frente um calhamaço de papéis com linhas certas a preencher com minha assinatura. Então me olhei pelo buraco dos olhos e o que encontrei no fundo foi um Adriano estranho de mim mesmo, dono de uma calma que não era minha. Como se fosse outro ser em mim, meu desconhecido, e não uma transformação. Mas então o tempo existe?

Como saber se a noite é minha prisão ou minha liberdade? Ela avança em movimento lento e não sei em que ponto agora está. Minhas pernas dobradas, minhas pernas que estavam aqui comigo, não as sinto mais. Tenho a impressão de que tenho os joelhos ainda fincados no peito. Tento acender a luz, e insisto, mas ela não acende, apesar da minha insistência. Não posso reagir contra a escuridão nem nunca vi com tanta clareza. Com tanta clareza como se repentinamente o sol começasse a brilhar aqui mesmo, ao lado, aqui dentro deste quarto.

Se gritasse outra vez, em desespero animal, encontraria todos os ouvidos ocupados de si mesmos, e nada, mas nada mesmo, em todo o universo, poderia me valer. Perdi uma a uma todas as ligações com a vida. Fui perdendo-as sem me dar conta apesar da velocidade com que tudo aconteceu. Agora sou um átomo que pensa, mas o próprio pensamento tornou-se inútil.

E eu não durmo, vigilante do nada. Até quando tenho de assistir ao desmoronamento? A única música a ouvir, agora, é este chiado do aguaceiro que desce do céu e do vento que força portas e janelas tentando entrar. Ela me deixou o aparelho de som porque está mudo, como vai ficando tudo mais. Ainda assim me sinto no interior dos acordes finais, daqueles acordes finais, como guinchos de ave estertorante. O fim de uma grande obsessão.

29

O fim de uma grande obsessão.

As nuvens amontoam-se sobre o mar, nuvens escuras e agitadas. E seus guinchos agudos descem até a areia da praia. Um pouco afastados, a Laura e o namorado jogam frescobol indiferentes àquelas sombras que voam sacudindo as fraldas para se agruparem sobre o mar.

Sentado imóvel, eu vejo um cachorro baio brincando na areia enquanto se aglomeram por baixo de um céu meio descolorido umas nuvens escuras e de olhos muito abertos. Elas se agitam como se estivessem nervosas. Ou irritadas. Seus guinchos me ameaçam, por isso não consigo sair do lugar. Por mais que tente, não consigo sair do lugar com meu corpo grosso e sólido enterrado na imensidão de areia. Ao alcance da minha vista, a Laura e o namorado jogam frescobol e não sabem que eu estou tranquilo. Debaixo do tamanho deste sol, que nos mantém presos, a Laura joga frescobol com o namorado. Os pés enterrados na areia.

O céu mais pesado fica sobre o mar, pesando, um azul-escuro, quase sujo. Sentado imóvel, os pés enterrados na areia, eu ouço a Laura chamar, mas o frio me mantém sem qualquer movimento, uma estátua de pele fina sofrendo os arranhões do sol. Exposto. Inteiramente exposto aos raios deste sol de fogo amarelo que parecem espadas de neve e o frio não me deixa atender ao chamado de minha irmã. Meu corpo inteiro tirita por causa deste gelo rígido que só eu sinto, suponho, porque tenho os músculos entanguidos e os membros hirtos, enquanto o cachorro amarelo brinca de morder gotas do mar que algumas crianças, com as mãos, jogam para cima, e minha irmã joga frescobol com seu namorado.

A bola vem muito longe, rolando na minha direção. Os dois ficam olhando para mim e a Laura me chama, gritando que eu devolva a bola. Gritando. Mas eu não consigo mover os braços, e as pernas estão enterradas no peso da areia, imóveis. Só movimento os olhos. É uma calma de neve, debaixo deste sol.

Ela me pede que devolva a bola, e eu não consigo mover nada além dos olhos. E sinto muito frio. E é o frio que me tolhe os movimentos, porque o frio tem entrado no meu corpo com a calma. Então vejo minha mãe descendo de um cômoro de areia. De longe já sei que é ela que vem crescendo nos meus olhos por causa do chapéu de palha.

Minha mãe vem aparecendo por trás de uma duna muito alta. Subindo como se nascesse do oceano. Seu cabelo ao vento oscilando, e seu passo de pés na areia, fundo e lento, mas leve e macio, é o conforto que me falta. Meus olhos acompanham sua descida dos cômoros que nos separam. Os cômoros que nos separam. Estes cômoros. Então ela se aproxima por trás e me envolve com uma blusa quente. Seus braços descem de meus ombros e suas mãos me protegeram o peito, apertando.

Ela mesma, entretanto, ao me envolver, parece-me desprotegida. O céu ameaça despencar despedaçado, o céu escuro onde as nuvens se amontoam por cima do mar. Minha irmã desaparece e isso me deixa angustiado, sofrendo intensamente a sensação de que jamais voltarei a vê-la. Os cômoros de areia movem-se com o chiado do vento e meus olhos ardem. Eu quero gritar para que as pessoas fujam, minha boca, entretanto, não tem dentes nem língua e não se abre.

Ela grita meu nome e me pede para jogar a bola que vem rolando na minha direção. Com as pernas presas num monte de areia, mergulhadas naquele peso, eu não saio do lugar.

Um cachorro amarelo pula tentando morder as gotas de oceano que um grupo de crianças joga para o alto, gotas que brilham em movimentos irregulares e frenéticos. O cachorro salta erguido com as patas da frente subindo muito, com a boca dando mordidas no ar e capturando algumas das pérolas que as crianças, entre risos brilhantes, arremessam para o alto.

Minha mãe se aproxima dando voltas, o sorriso permanente. Só assim é possível desprezar as nuvens que se aglomeram naquele lado mais escuro do céu, o lado do mar. Então começo a não sentir mais medo, até que minha mãe chega por trás, o lado que meus olhos não alcançam, e sinto o calor macio que me envolve: o agasalho.

A Laura e o Rodrigo jogam frescobol. Ela me chama e eu a ouço claramente, a despeito das nuvens que se amontoam escuras e irritadas sobre o mar, e da distância em que estão os dois. Sua voz é nítida e um tanto plangente, como se estivesse implorando, muito necessitada de que eu responda. Nada em mim se move além dos olhos que, aflitos, viajam de minha irmã para o cachorro baio, que brinca de morder gotas de mar.

Não posso continuar esperando a manhã, pois nem sei de que lado ela pode chegar. Meu pai enganou-se, pensando que fosse inveja. Eu disse a ele, Não existe vitória, pois se um dia se morre. E ele me olhou com a força de seus olhos sem me ver. Nem ao menos a baça mancha de claridade das janelas, como se o mundo uma noite só. Acho que acabou a força. O vento, sim, pode ser que ele tenha derrubado algum poste debaixo de toda esta chuva. Mas se eu ficar aqui parado, não vou enregelar? O cachorro amarelo pula e no pulo morde as gotas do mar que as crianças, com as mãos, jogam para o céu. Eu estou bem debaixo do sol, mas a visão daquelas nuvens que se amontoam com ar de ameaça não me permite movimento algum.

O cachorro amarelo pula cada vez mais alto porque agora ele quer morder as nuvens. As crianças não jogam mais gotas de mar para o alto com as mãos e parecem um pouco assustadas observando os movimentos suspeitos do cachorro.

Ninguém mais se move além do animal. Minha mãe, a meu lado, está branca de tanto gesso cobrindo-lhe o corpo. A Laura e seu namorado gritam desesperados debaixo de um cômoro que o vento amontoa com rapidez.

A cada salto dado pelo cachorro, ele cresce, infla e aumenta o peso, e seus dentes alcançam as nuvens. Então ele se volta para as crianças e as devora como se fossem gotas do mar. E pula novamente arrancando pedaços de nuvens, que ele engole, faminto. Seu pelo está sujo escuro como as nuvens que ele já engoliu. Suas unhas imensas alcançam o sol e o despedaçam. Então sumimos numa noite imensa. Apenas a escuridão existe. Apenas a escuridão. Apenas.

Obras do autor

Janela aberta (romance) – Editora Seiva, 1984
Na força de mulher (contos) – Editora Seiva, 1984
À sombra do cipreste (contos) – Editora Palavra Mágica, 1999
Que enchente me carrega? (romance) – Editora Palavra Mágica, 2000
Castelos de papel (romance) – Editora Nova Fronteira, 2002
A esperança por um fio (novela juvenil) – Editora Ática, 2003
Como peixe no aquário (novela juvenil) – Edições SM, 2004
Na teia do sol (romance) – Editora Planeta, 2004
Gambito (conto infantil) – Editora SM, 2005
A coleira no pescoço (contos) – Editora Bertrand Brasil, 2006
A muralha de Adriano (romance) – Editora Bertrand Brasil, 2007
Antes da meia-noite (novela juvenil) – Editora Ática, 2008
Moça com chapéu de palha (romance) – Editora Língua Geral, 2009
Copo vazio (novela juvenil) – Editora FTD, 2010
Mirinda (conto infantil) – Editora Moderna, 2010
No fundo do quintal (novela juvenil) – Editora FTD, 2010

COLEÇÃO LITERATURA BRASILEIRA:

Avesso*

As reportagens elaboradas pelo personagem central de Avesso são inspiradas em experiências que o autor teve como repórter na região. Em 2004, recém-formado em jornalismo, Chiaverini viajou durante seis meses pelo Amazonas, Pará, Acre e Roraima. Voou com militares em missões humanitárias, passou dias navegando em barcos apinhados de redes, e presenciou conflitos entre índios e fazendeiros na reserva Raposa Serra do Sol.

Assim, ao percorrer as páginas de Avesso o leitor encontrará, além de uma obra de ficção vibrante e contemporânea, um acurado e surpreendente documento jornalístico sobre a região amazônica.

Prelo

Pássaros grandes não cantam

Pássaros grandes não cantam encerra a Trilogia Alada de Luíz Horácio, uma saga gaúcha em que o autor coloca sua imaginação fértil a serviço de uma percepção extremamente sensível da crueldade do mundo em contraponto com a capacidade e a necessidade de amar do ser humano. Tudo temperado pelo forte sotaque do gaúcho de fronteira, num cenário em que a natureza não apenas compõe o ambiente, mas também é personagem importante da trama.

A trilogia é composta ainda por *Perciliana e o pássaro com alma de cão* (Códex, 2005) e *Nenhum pássaro no céu* (Fábrica de Leitura, 2008).

Migração dos Cisnes

Frequentemente a crítica literária dissocia refinamento, qualidade e sofisticação de leitura fácil, apetitosa. *Migração dos cisnes* mostra que isso é uma balela. Bem ao contrário, este romance prova que é possível buscar a máxima qualidade e tentar ultrapassar os limites do costumeiro e confortável modo de narrar – e ainda assim prender o leitor da primeira à última linha. Este livro é uma viagem complexa, mas que coloca o leitor em uma poltrona de primeira classe. Faz pensar, sim. Por longo e prazeroso tempo. E pensar não dói. Engrandece nossa existência.

A linguagem é a grande e perene conquista da humanidade. Explorar o sentido do belo é outra. Este romance pretende atender a ambos os quesitos. Quando se chega ao final, somos atirados novamente no espaço de nosso cotidiano, mas esta narrativa persiste em nós, como uma sinfonia contemporânea.

CTP•Impressão•Acabamento
Com arquivos fornecidos pelo Editor

EDITORA e GRÁFICA
VIDA & CONSCIÊNCIA

R. Agostinho Gomes, 2312 • Ipiranga • SP
Fone/fax: (11) 3577-3200 / 3577-3201
e-mail:grafica@vidaeconsciencia.com.br
site: www.vidaeconsciencia.com.br